Ursula Safar

Blumen an steinigen Wegen

Erzählungen und Geschichten

Impressum
© Verlag epubli GmbH Berlin, www.epubli.de, 2016
Alle Rechte verbleiben beim Autor,
Nachdruck, auch auszugsweise, ist nicht gestattet

Inhalt

Eine Frage zuvor	Seite 7
Der Umzug	9
Oma Hildes Harzreise	19
Nahe am Abgrund	25
Kurschatten	29
Luise T. und ihre Männer	39
Alles wiederholt sich	60
Vermisst	65
Am Fluss	72
Das Wunder von Wendau	91
Auf der Suche nach Heimat	97
Narben	101
Gerda träumt	109
Fragen, auf die es keine Antwort gibt	113
Die Wahrheit *Ein Märchen für erwachsene Kinder*	123

Eine Frage zuvor

liebe Leserin,
lieber Leser:

Erinnern Sie sich auch noch an unsere Kindertage, als wir bei Spaziergängen unbedingt die vielen bunten Blümchen am Wegesrand pflücken wollten?
So manches Mal haben wir uns dabei im Eifer den Zeh an einem Stein gestoßen, den wir völlig übersehen hatten!

Später achteten wir sorgfältiger auf die Hindernisse: Über kleinere stiegen wir unbeschadet hinweg, größere Brocken wurden zur Seite geräumt oder einfach umgangen. Dabei lenkten sie aber häufig unsere Blicke ab von den Schönheiten, die nebenan blühten.

In diesem Buch wird von (Lebens-)Wegen erzählt, die alle mehr oder weniger steinig sind – denn andere gibt es nicht. Aber immer werden Sie daneben eine Vielzahl von bunten Blumen erkennen: Ihre Namen sind Liebe, Glück, Hoffnung, Vertrauen, Freundschaft und andere.
An ihnen können wir uns erfreuen und sie in dankbarer Erinnerung mitnehmen bis zum Ziel.

Mögen Ihnen auf Ihren Wegen mehr Blumen als Steine begegnen!

U. S.

Der Umzug

Lange hatte es gedauert, bis sich Agnes dazu durchgerungen hatte und auch jetzt noch war sie unsicher, ob ihr Entschluss richtig war. Seit Jahren stand in der Familie fest, dass sie ihren Lebensabend unter der Fürsorge des älteren Sohnes Jörg und seiner Familie in deren Haus auf dem Lande verleben sollte. Doch dass es schon jetzt, in ihrem neunundsechzigsten Lebensjahr sein sollte, schien ihr verfrüht.

Andererseits – und bei diesem Gedanken seufzte sie tief auf – blieb ihr keine andere Wahl. Im vergangenen Winter war sie auf den vereisten Steinstufen, die von der Brücke hinab zum Bahnsteig der S-Bahn führten, gestürzt. Zwar hatte sie gerade noch mit einer Hand nach dem Geländer greifen können, doch dadurch wurde ihr Körper im Fallen gedreht. Das linke Handgelenk sowie die Hüfte und beide Beine waren danach gebrochen und ein monatelanger Krankenhausaufenthalt die Folge. Sogar jetzt, nach ihrer Entlassung aus der Reha-Klinik, konnte sie sich nur an Krücken fortbewegen und benutzte häufig den Rollstuhl für die Wohnung. Erst mit viel Geduld und mit Hilfe ihrer Therapeuten, so hatte es geheißen, würde sie eines Tages wieder besser laufen können.

Nun sollte sie also die ihr vertraute Dreiraum-Wohnung aufgeben, in der sie seit fast fünfzig Jahren lebte. Hier hatten sie und ihr Mann Dieter die beiden Söhne Jörg und Lars großgezogen und so manchen Kummer, aber auch viel Freude erlebt. Agnes besaß noch heute etliche Möbel aus der vergangenen Zeit und es tat ihr weh, sich von ihnen trennen zu müssen.
Wehmütig ging ihr Blick zur Anrichte, auf der zwischen anderen Erinnerungsstücken einige gerahmte Fotos standen.

Sie schob ihren Rollstuhl näher heran und fuhr mit der Hand liebevoll über das Holz des Möbels. Vor allem an der dem Fenster zugekehrten Seite fühlte es sich stellenweise schon etwas rau an und beim genauen Hinsehen konnte man kleine Risse erkennen. Doch vielleicht würde Jörg ja den Schaden mit seinen geschickten Händen beheben können.
Den Erhalt dieser Anrichte und der dazugehörigen Vitrine mit den gedrechselten Verzierungen hatte sie ihrem Mann abgetrotzt, als der einst die restlichen Teile des Esszimmers gegen modernere Möbel ausgetauscht hatte. Nun wollte sie die beiden Stücke in ihre neue Behausung mitnehmen.

Agnes nahm ein Foto von der Anrichte: Dieter und sie mit den fröhlichen Jungen im Urlaub an der Ostsee. Obwohl es ihr bis ins kleinste Detail vertraut war, blieb ihr Blick auf den Gesichtern der Kinder hängen. Jörg schaute ernsthafter drein als der drei Jahre jüngere Bruder. Sie kannte die Ursache dafür nur zu gut und wusste schon damals um den Kummer ihres Ältesten, der nicht die gleiche Liebe und Aufmerksamkeit des Vaters bekam wie Lars, der von ihm stets bevorzugt wurde.

Bei einer labilen Mutter und ohne Vater aufgewachsen hatte sich Agnes wohl auch deshalb als Siebzehnjährige so rasch in den selbstbewussten und forschen Unteroffizier der NVA verliebt. Als sie zwei Jahre später schwanger war, heirateten sie und Dieter, der gerade stolz auf seine Beförderung zum Feldwebel war.
In der Armee war ihr Mann unter anderem für die sportliche Ausbildung der wehrpflichtigen Soldaten zuständig. Agnes wusste nicht viel von seiner Tätigkeit und seinen Methoden, doch sie bekam eine ungefähre Ahnung davon, nachdem der erste gemeinsame Sohn Jörg gerade Laufen gelernt hatte. Immer wieder und wieder stellte sein Vater ihn auf die noch unsicheren Beinchen und forderte: „Nun lauf! Weiter! Und noch mal!", bis das Kind weinte. Es kam zum ersten großen Streit zwischen den Eheleuten und nur mit Bitten und Tränen

konnte sie Dieter von weiteren Versuchen abhalten. Danach befasste der sich immer weniger mit seinem Sohn.

Drei Jahre später kam Lars zur Welt. „Es ist wieder eine Junge!" freute sich der frisch dekorierte Hauptfeldwebel und diesmal schien er mit seinem Filius zufriedener zu sein. Während Jörg ein ruhiges Kind war, das aufmerksam seine Umwelt und die Natur beobachtete, wurde Lars ein kleiner Rabauke, der sich sogar gegen den eigenen Vater zu wehren wusste, wenn es auch nur im Spaß geschah. Der lachte darüber und stachelte ihn sogar noch an, was Agnes mit Sorge beobachtete. Aber Dieter tat ihre Bedenken mit der Bemerkung ab: „Das wird wenigstens mal ein richtiger Sportsoldat!"

An Jörg, dem 'Muttikind', hatte er das Interesse verloren. Er lud ihn nicht einmal zum sonntäglichen Spiel seiner Lieblingsfußballmannschaft ein, das er mit Lars regelmäßig besuchte. Man hätte ihm nicht vorwerfen können, dass er für seinen Ältesten nicht gesorgt hätte – er konnte nur einfach nichts mit ihm anfangen.

Mit einem Seufzer stellte Agnes die Fotografie an ihren Platz zurück, blieb aber mit ihren Gedanken weiter in der Vergangenheit.

Es kam eine Zeit, in der Dieter die Welt nicht mehr verstand: Alles veränderte sich, aus zwei Staaten wurde ein einziges Land. Regierungen, Gesetze, Befehle und Verordnungen gerieten ins Wanken und waren schließlich nicht mehr vorhanden. Auch seine geliebte Dienststelle bei der Armee wurde schließlich aufgelöst.

Was sollte nun werden? Abwechselnd tobte und fluchte er oder saß voller Selbstmitleid auf der Couch und kommentierte laut schimpfend die Berichte im Fernsehen. Lars bestärkte seinen Vater in allem. Jörg – nun schon 21jährig – beobachtete das Geschehen aufmerksam und im häuslichen Kreise kommentarlos wie gewohnt und widmete sich ansonsten seinen Studien an der Kunsthochschule und seiner Freundin Ilona.

Agnes konnte ihre Arbeitsstelle als Helferin in einer Zahnarztpraxis behalten, die sie sich gesucht hatte, nachdem die Jungen selbständiger geworden waren. Sie verdiente nun vorübergehend als einzige den Unterhalt für die Familie, was Dieter in seiner Ehre kränkte.

Eines Tages zog er seinen Mantel an – er hatte sich nur schwer an die Zivilkleidung gewöhnen können – und verabschiedete sich von der Familie mit den Worten: „Will doch mal sehen, ob nicht jemand einen anständigen Kerl wie mich brauchen kann." Zurück kam er nach vier Tagen und warf einen Vertrag auf den Tisch. Triumphierend meinte er dazu: „Man muss eben nur die richtigen Leute kennen!"
Damit war sein Selbstbewusstsein zurückgekehrt: Er war jetzt ein Fußballtrainer – allerdings erst einmal für den Nachwuchs im Verein. „Aber ihr werdet schon noch erleben, dass ich bald wieder mal befördert werde!" verkündete er tönend.

Als eine der ersten Handlungen in seinem neuen Amt nahm er trotz Agnes' Protest seinen Sohn Lars von der Schule, wo der Junge sonst im nächsten Jahr das Abitur abgelegt hätte. „Braucht ein Profi nicht!" behauptete Dieter und nahm ihn in seine Mannschaft auf.
In den nächsten Wochen und Monaten beobachtete Agnes ihren Jüngsten mit zunehmender Sorge. Lars wurde stiller und in sich gekehrt, sprach sie ihn darauf an, antwortete er gereizt und nervös. Auch das Verhältnis zu seinem Vater litt darunter. Sie ahnte, dass Dieter aus seinem Sohn einen Vorzeigesportler machen wollte und ihn deshalb besonders hart trainierte, aber es hätte keinen Sinn gehabt, ihn danach zu fragen.

Obwohl die beiden Jungen grundverschieden im Charakter waren, hielten sie doch als Brüder fest zusammen. Deshalb schmerzte es Lars auch sehr, dass sein Vater ausgerechnet am

Tage der Hochzeit von Jörg und Ilona ein Freundschaftsspiel angesetzt hatte und ihm mit Rauswurf drohte, wenn er nicht am Spiel teilnehmen würde. Es war das einzige Mal, dass Agnes in den Augen ihres jüngeren Sohnes Tränen sah, und es schmerzte sie zutiefst. Doch was blieb Lars anderes übrig? Er hatte noch keinen Beruf gelernt und war völlig auf seinen Vater angewiesen, der ihm seinen künftigen Lebensweg vorschrieb.

Wenig später hatte Agnes erneut Grund, sich zu sorgen. Hatte sich Lars bisher immer mehr zurückgezogen, so wurde er jetzt um so euphorischer. Dieter schwärmte wieder von den Erfolgen seines Sohnes, der ihm Anlass zu den schönsten Hoffnungen gab. Er sah Lars schon als Nationalspieler und es gab kaum noch ein anderes Thema in der Familie.
Dieser Umschwung machte Agnes misstrauisch. Sie gab vor, sich ebenfalls zu freuen, behielt aber ihre Bedenken für sich. Mit ihrem Jungen konnte sie nicht mehr vertraulich reden, Sie befürchtete, dass der es sofort seinem Vater weitererzählen würde. Also blieben ihr nur Beobachtungen und die seltenen Gespräche mit Jörg und Ilona, wenn sie beide in ihrem neuen Heim besuchte.

Noch hatte Jörg sein Studium nicht beendet, doch er durfte sich bereits auf dem ehemaligen Bauernhof des Schwiegervaters ein Atelier für seine Bildhauerkunst einrichten. Der war auch damit einverstanden, dass seine einzige Tochter den Landwirtschaftsbetrieb in einen Reiterhof umwandeln wollte. Selbst konnte der Witwer den Hof nach einem Unfall nicht mehr bewirtschaften und war deshalb froh, dass dieser anderweitig genutzt wurde und nicht verkauft werden musste. Albert war trotz seiner Behinderung – ein Unterschenkel war amputiert – ein lebensfroher Mann und freute sich, dass er bald als Babysitter nützlich sein würde.
Agnes fühlte sich in dieser Familie wohl und in Ilona fand sie eine Tochter, wie sie sich immer eine gewünscht hatte. Als

dann Alexander geboren wurde, gab es auch für sie wieder mehr Grund zur Freude und vor allem eine Ausrede bei Dieter für die häufigeren Besuche in dem etliche Kilometer entfernten Dorf. Hier konnte sie auch über ihre häuslichen Sorgen sprechen und fand verständnisvolle Zuhörer.

Wieder nahm Agnes eines der Fotos von der Anrichte. Es zeigte die jungen Leute mit ihren drei inzwischen geborenen Kindern. Mit liebevollem Lächeln sah sie auf die zur Zeit dieser Aufnahme kürzlich erst geborene Juliane mit den Eltern, dahinter die sechs und acht Jahre älteren Brüder Philipp und Alexander hoch zu Ross. Leider fehlte Albert auf diesem Bild: Er war an einer Lungenentzündung gestorben und hatte die Geburt des Nesthäkchens nicht mehr erleben können.

Albert war es damals auch gewesen, der als erster aussprach, was Agnes längst vermutet hatte: Lars könnte mit Drogen oder anderen Aufputschmitteln zu Höchstleistungen getrieben werden. Jörg erbot sich, das bei seinem nächsten Zusammentreffen mit dem Bruder zu erkunden. Er war der einzige Mensch, dem sich Lars anvertrauen würde.

Wenig später musste Jörg leider berichten, dass die Befürchtungen der Familie zu Recht bestanden: Er hatte eine 'zufällige' Begegnung nach dem Training herbeigeführt und Lars in ein Lokal zu einem Bier eingeladen. Dort hatte er ihn ohne Umschweife befragt. Vielleicht lag es am Alkohol, an dem Einfluss der Drogen, dem Stress oder allem zugleich – nach anfänglichem Zögern brach es aus Lars heraus: Ja, ab und zu besorgte er sich Kokain. „Aber ich bin vorsichtig und nehme nie zu viel davon, nur die nötige Dosis", beteuerte er. Nein, der Vater wisse nichts davon, der glaubte noch immer an das Supertalent. Doch Koks kostet Geld. Viel Geld, mehr als der Vater ihm zubilligte. Der hatte ihm zwar als Anreiz für weitere Leistungen ein Motorrad geschenkt, doch das könne er

ja wohl schlecht verkaufen. Ob er, der Bruder, ihm nicht etwas leihen könne, ... ?
„Und? – Hast du ihm Geld gegeben?" wollte Agnes wissen.
„Ja, einen Hunderter." Mit mehr konnte und wollte Jörg nicht aushelfen, er wusste ohnehin, dass er das Geld nie wiedersehen würde.

Danach überstürzten sich die Ereignisse, wie Agnes sich jetzt erinnerte. Sie öffnete vom Rollstuhl aus die unterste Schubladen der Anrichte, holte eine Schachtel heraus und nahm den Deckel ab. Obenauf sah sie die Sterbeurkunde ihres Sohnes, darunter lagen in rückläufiger Zeitfolge andere Papiere: Der Bericht der Unfallklinik über die 'tödlichen Verletzungen infolge Kollision mit einem Brückenpfeiler', eine gerichtliche Vorladung wegen des Verdachts auf Diebstahl, eine zweite wegen eines Einbruchs. Die beiden letzten Dokumente hatte Agnes erst nach dem Tod ihres Jungen in dessen Zimmer gefunden. Dieter konnte davon nichts gewusst haben und Agnes hatte sie immer sorgfältig vor ihm versteckt.

Dieter zerbrach am Tod seines Sohnes. Er suchte die Schuld daran bei anderen Verkehrsteilnehmern, dem medizinischen Rettungsdienst, der nach seiner Meinung nicht schnell genug zur Stelle gewesen sei, den Ärzten der Klinik. Das gerichtsmedizinische Gutachten nach der Obduktion, dass Lars eine starke Dosis Kokain genommen hatte, tat er als infame Lüge ab.
Eines Morgens fand Agnes in ihrem Briefkasten die formelle Mitteilung der Justiz über die Einstellung der Verfahren gegen Lars infolge dessen Ablebens. Dieses Dokument verwahrte sie ganz unten in der Schachtel. Sie hatte Dieter niemals davon erzählt, aber auch Jörg wusste bis heute nicht, dass sein Bruder kriminell geworden war. Sie wollte dessen Andenken durch nichts beschmutzen.
Nur sie als Mutter ahnte – nein, wusste, dass Lars' Tod kein Unfall gewesen war. Er hatte dem Druck nicht standhalten

können und selbst ein Ende herbeigeführt. Doch dieses Geheimnis würde sie wohl ins Grab mitnehmen.

Die Ehe mit Dieter war längst keine glückliche mehr. War sie überhaupt jemals glücklich gewesen? Je länger Agnes darüber nachdachte, um so mehr zweifelte sie daran. Nach dem Tod des Sohnes wurde das Zusammenleben fast unerträglich. Agnes fürchtete sich vor den Wutausbrüchen ihres Mannes, besonders wenn er getrunken hatte. Früher hatte der Sportler Alkohol verabscheut, jetzt betäubte er seinen Schmerz damit. Nein, geschlagen hatte er seine Frau nie, doch es gab auch nie wieder ein gutes Wort.
Eines Nachmittags kam Dieter nicht wie gewohnt nach Hause und Agnes suchte ihn bis in die Nacht voller Sorge an allen in Frage kommenden Orten, bei Bekannten und in den umliegenden Gaststätten. Erst am nächsten Morgen fand ihn der Platzwart in einer der Umkleideräume. Herzinfarkt lautete die Todesursache.

Jetzt hörte Agnes das Klopfen an ihrer Wohnungstür und gleich darauf, dass ein Schlüssel im Schloss gedreht wurde. Wie an jedem Abend zur gleichen Zeit schaute ihre Freundin Dagmar noch einmal herein, um ihr beim Zubereiten des Abendessens und anderen Verrichtungen behilflich zu sein. Sie konnte gerade noch das Kästchen wieder in der Anrichte verstauen, als Dagmar auch schon im Zimmer stand. Diese deutete die Tränen auf dem Gesicht der Freundin falsch: „Es fällt schwer, das Zuhause aufzugeben, ja?" Und während sie den Rollstuhl mit Agnes in die Küche schob, fand sie viele gut gemeinte Trostworte und versprach zum wiederholten Mal, Agnes häufig in ihrem neuen Heim zu besuchen.

Die beiden Frauen waren seit etlichen Jahren befreundet, obwohl sie sehr unterschiedlich waren. Dagmar, die ein Stockwerk tiefer in der ersten Etage wohnte, war mehr als dreißig Jahre jünger, verheiratet, und hatte eine schulpflichtige Tochter, die gerne für 'ihre Oma' einkaufen ging oder den Müll wegbrachte. Dafür versprach Agnes ihr, dass sie die Schulferien künftig auf dem Reiterhof verbringen dürfe.

Bevor Agnes an diesem Abend einschlief, nahm sie sich vor, systematischer und konsequent zu sortieren, was sie mitnehmen und wovon sie sich trennen würde. Sie dachte an die beiden Zimmer, die für sie bereit standen und in denen Albert früher gewohnt hatte. Die waren kleiner als ihre Räume und außerdem würde sie nur eine nach ihren Vorstellungen winzige Küche haben. Ilona bereitete jeden Tag das Mittagessen und – wenn Übernachtungsgäste auf dem Reiterhof waren – für diese noch mit. „Da wirst du dir doch nicht die Arbeit machen und extra für dich kochen wollen", meinte sie zu ihrer Schwiegermutter. Agnes brauchte also eigentlich nur eine Gelegenheit, um sich ihren Kaffee brühen zu können und für die Zubereitung eines kleinen Imbiss. Von einem ihrer Zimmer konnte sie direkt eine Terrasse und den angrenzenden Garten erreichen, worauf sie sich besonders freute. Und diese Freude nahm sie mit hinüber in ihre Träume.

Ihre gute Stimmung hielt auch noch an, als sie am nächsten Vormittag mit der Umsetzung ihrer Pläne begann. Bei der morgendlichen 'Stippvisite', wie sie es beide nannten, hatte Dagmar ihr den Wäschekorb, zwei leere Koffer und eine Rolle Müllsäcke bereitlegen müssen. Agnes leerte nacheinander Schubfächer und Schränke und verstaute zunächst ihre Leibwäsche in einem der Koffer. Doch dann wurde es schwieriger: Wohin mit den Kleidern für festliche Gelegenheiten, die sie nie wieder anziehen würde und die ihr vermutlich auch gar nicht mehr passten? Schade war es um die rehbraunen Pumps und die anderen Schuhe mit hohen Absätzen, die sie nach dem Unfall nun auch nicht mehr brauchen konnte. Agnes beschloss, diese Sachen auf einen gesonderten Stapel zu legen, damit sich Dagmar und ihre Tochter aussuchen konnten, was ihnen gefiel.

Nach und nach füllten sich auch diverse Müllsäcke und Agnes steigerte sich dabei in eine Geschäftigkeit, die sowohl aus Freude als auch Wut bestand, und die sie sich selbst nicht erklären konnte.

Dabei fiel Agnes irgendwann ein, dass Dagmar oft die Vitrine mit den hohen Glastüren bewundert hatte. Ja, die sollte die Freundin haben – und die Anrichte gleich noch dazu! Oder sollte die sie etwa immer wieder daran erinnern, welche traurigen Geheimnisse sie in ihnen versteckt hatte? Die Papiere würde sie – bis auf die Sterbeurkunden – in ihrem Aktenvernichter schreddern.

Sie wollte sich befreien von allem, was sie an schwere Zeiten erinnerte und mit einem Elan, wie sie ihn schon seit langer Zeit nicht mehr gespürt hatte, bereitete sie sich auf ihr neues Leben vor.

Oma Hildes Harzreise

Als Hildes Uhr im Wohnzimmer ihren dritten Gong getan hatte, blickte die alte Dame noch einmal prüfend über den gedeckten Kaffeetisch. Alles war, wie es sein sollte, auch der Pflaumenkuchen fehlte nicht, den die 17jährige Enkelin als einzigen „Süßkram" akzeptierte. Dann drehte sich Hilde zu dem Büffet um, auf dem etliche gerahmte Fotos angeordnet waren. „Jetzt könnten sie aber bald kommen", sagte sie zu einem Bild ihres verstorbenen Mannes. „Wir haben unsere Kinder immer zu Pünktlichkeit und Ordnung erzogen, stimmt's Reinhard?" – Da klingelte es an der Wohnungstür.

Während des Kaffeetrinkens sprachen Tochter Claudia und Enkelin Ronja über belanglose Dinge wie Einkäufe und gemeinsame Bekannte bis Hilde sie unwirsch unterbrach: „Nun rückt schon raus mit der Sprache! Sonst kommt ihr doch immer nur schnell mal vorbei ohne euch vorher anzumelden – und heute macht ihr es richtig feierlich!" Sie wies auf die Blumen, die Claudia in eine Vase gestellt hatte. „Gibt es etwa einen Grund, den ich nicht kenne?"

„Omi", begann Ronja zögernd. „Du hast mir doch versprochen, dass ich mir für mein gutes Abschlusszeugnis etwas wünschen darf." – Ach so, das war es! „Ich halte natürlich mein Versprechen, Kind! Wenn es im Rahmen meiner Möglichkeiten ist", fügte sie noch vorsorglich hinzu. „Also, was soll es sein?" Ronja blickte hilfesuchend ihre Mutter an und Claudia erklärte ohne Umschweife: „Ronja und ich möchten mit dir verreisen!"

Hilde verschlug es vor Überraschung zuerst die Sprache, dann meinte sie entschieden: „Das geht natürlich nicht. Ich gebe euch gerne das Geld und dann könnt ihr beide in den Urlaub fahren, wohin ihr wollt. Aber bitte ohne mich!" Claudia seufzte, als hätte sie diese Ablehnung erwartet, doch Ronja fragte enttäuscht: „Warum denn, Omi?" „Opa Reinhard ist erst vor zehn Monaten verstorben. Das macht man einfach nicht im Trauerjahr, das gehört sich nicht", bekam sie zur Antwort.

Manchmal fiel es Ronja nicht leicht, ihre Oma zu verstehen. Eigentlich war sie stolz auf die moderne alte Dame, die mit Handy und Computer umgehen konnte und sich bei der Auswahl neuer Kleidung sogar hin und wieder von der Enkelin beraten ließ. Was aber die ‚sittliche und moralische Haltung' betraf, wie sie sich ausdrückte, verstand sie keinen Spaß und der Satz ‚Das gehört sich nicht!' war schon oft ein unwiderruflicher Schlusspunkt hinter so mancher Debatte gewesen. „Oma ist in einer anderen Zeit erzogen worden", hatte die Mutter einmal versucht zu erklären.

Diesmal aber ließ Ronja nicht locker: „Schau mal, Omi: Es sind doch meine letzten großen Schulferien – wir werden nie wieder eine solche Gelegenheit haben! Und Opa wäre bestimmt einverstanden!" Nachdem Claudia noch die Bitten ihrer Tochter nach Kräften unterstützt hatte, gab Hilde endlich seufzend nach. Doch sie stellte gleich eine Reihe von Bedingungen: „Bloß nicht zu weit weg. Aber auch nicht an die Ostsee – die haben wir hier in Meck-Pom sowieso fast vor der Haustür. Und Flugzeug oder Schiff könnt ihr gleich vergessen: Da kriegt ihr mich nicht rein!"

Natürlich waren Ronja und ihre Mutter nicht unvorbereitet gewesen und konnten nun einige in Frage kommende Urlaubsziele und Hotels aufzählen. Claudia zeigte auf ihrem Smartphone dazu die entsprechenden Ansichten. Schließlich einigte man sich auf eine sympathisch wirkende Pension in einem Harzstädtchen. Und als Oma Hilde dann erstaunt feststellte: „Im Harz bin ich noch nie gewesen!", war die Reise mit Claudias Wagen zwei Wochen später beschlossene Sache!

Je näher sie ihrem Urlaubsziel kamen, umso begeisterter wurde Hilde. Bald wusste sie gar nicht, was sie mehr bewundern sollte: den dichten Nadelwald, durch den sie fuhren, die schroffen Felsen, die klaren Bäche oder die hübschen Fachwerkhäuser. In der Pension wurden sie herzlich wie in einer großen Familie aufgenommen und die beiden kleinen, aber hübsch eingerichteten Zimmer mit den Blumenkästen vor dem Fenster ließen die drei Frauen rasch heimisch werden.

Hilde bestand darauf, noch am gleichen Tag ein bisschen die Stadt anzusehen. Die besorgten Einwände der beiden anderen wegen der anstrengenden Fahrt am Vormittag ließ sie nicht gelten und so kamen alle drei zum Abendessen bereits mit den ersten erfreulichen Eindrücken zurück. Im Speiseraum der Pension war für sie ein Tisch reserviert und schon eingedeckt worden. Während des Essens erkundigte sich die Wirtin des Hauses nach dem Befinden ihrer neuen Gäste und bat sie, dass ab dem nächsten Tag ein weiterer Gast zu den Mahlzeiten an ihrem Tisch Platz nehmen dürfe. „Es ist ein ruhiger älterer Herr, der Sie bestimmt nicht stören wird", sagte die freundliche Frau. „Er ist hier Stammgast und geht tagsüber seine eigenen Wege."

Als die drei Frauen am nächsten Morgen zum Frühstück kamen, war der angekündigte Gast mit seiner Mahlzeit schon beinahe fertig. Höflich erhob sich der Mann, grüßte mit „Guten Morgen" und nannte seinen Namen: Rudolf Brauer. Dann setzten sie sich, der Herr trank noch seinen Kaffee aus, wünschte einen schönen Tag und ging hinaus. Bei den Frauen hinterließ er einen sympathischen Eindruck. Die konnten sich während des Frühstücks auf kein konkretes Ausflugsziel einigen. „Ach, lasst uns einfach ins Blaue fahren und die Gegend erkunden", schlug Hilde schließlich vor.

Am Abend unterhielten sie sich gerade lebhaft über diese Fahrt, als Herr Brauer dazukam und mit einem „Guten Abend" und einer leichten Verbeugung Platz nahm. Es war natürlich nicht zu vermeiden, dass er den Gesprächen der drei Frauen zuhörte. Als aber Ronja ihre Oma einmal eine Bangbüx nannte, konnte er ein Schmunzeln nicht unterdrücken. Ronja erklärte dem Herrn daraufhin, dass ihre Oma um nichts in der Welt in die Höhlen im Rübenland mitkommen wollte – dabei sei es doch bestimmt nicht gefährlich.

Jetzt war Herr Brauer in das Gespräch einbezogen worden und er erklärte den Frauen, was es mit den beiden Rübeländer Tropfsteinhöhlen auf sich hatte und dass es noch weitere Höhlen und sogar etliche Bergwerke zu besichtigen gab. Ronja fragte nachdenklich: „Ist etwa hier in Rübeland die Sage vom Rübezahl entstanden?" Herr Brauer lachte sie nicht aus, sondern erklärte den interessiert zuhörenden Frauen, dass dieser Berggeist nicht im Harz, sondern im böhmischen Riesengebirge zu finden sei.

„Sie kennen sich aber gut aus", meinte Claudia, worauf er verriet, dass er ja hier geboren und groß geworden sei. Erst als erwachsener Mann war er aus beruflichen Gründen nach Schwerin verzogen, doch er hatte seine Berge und den Wald immer vermisst. Jetzt im Rentenalter war er deshalb so oft wie möglich hier.

Schwerin war ein Stichwort für die Familie und lachend stellte man fest, dass ihr Wohnort nur einige Kilometer entfernt am nördlichen Ende des Schweriner Sees lag. Nun war der Damm endgültig gebrochen und dieser Abend endete erst spät nach zwei Flaschen Wein und dem Entschluss, am nächsten Tag gemeinsam eine Vorstellung im Harzer Bergtheater bei Thale zu besuchen.

Herr Brauer entpuppte sich in den folgenden Tagen als angenehmer Reiseführer, der sowohl die Interessen der jungen Ronja als auch die der älteren Damen beachtete. Besondere Rücksicht nahm er aber auf Hilde, vor allem wenn es über Waldwege oder Unebenheiten ging. Dann reichte er ihr gern seine Hand oder gar den Arm, damit sie es leichter hatte und sie zierte sich durchaus nicht, diese Hilfe anzunehmen. Claudia und Ronja stellten bald eine Veränderung an ihr fest: Nach Opas Tod hatte sie ohne ersichtlichen Grund häufig gekränkelt und über Mattigkeit und Kopfweh geklagt. Zu längeren Spaziergängen war sie kaum zu überreden gewesen. Nun war von alledem nichts mehr zu spüren und ihre Wangen hatten eine gesunde Farbe angenommen! Was so ein Ortswechsel und die frische Waldluft doch bewirken konnten!

Keine der Frauen mochte es glauben, als die gebuchten zehn Urlaubstage vorbei waren und sie zum letzten Mal am Abend mit Herrn Brauer zusammen saßen. Doch länger konnte man nicht bleiben – Claudia musste übermorgen wieder zur Arbeit gehen. Während man zum Abschied noch einmal eine Flasche Wein leerte, lenkte Claudia geschickt das Gespräch auf Schwerin und meinte, dass es doch durchaus möglich sein könnte, dass man sich dort ganz zufällig einmal über den Weg laufen würde! Lächelnd reichte ihr der Mann seine Visitenkarte und versicherte, dass er sich über einen solchen ‚Zufall' ganz bestimmt freuen würde.

Wieder zu Hause hatten die drei Frauen viel neuen Gesprächsstoff. Wenn Claudia und Ronja bei der Oma waren, wurden mit „Weißt du noch?" und „Wo war das gleich?" die vielen Fotos besichtigt, Broschüren und Wanderkarten noch einmal studiert. Irgendwann entdeckte Claudia bei ihrer Mutter ein Buch mit Sagen aus dem Harz. „Wann hast du das denn gekauft?" fragte sie erstaunt. „Neulich erst", gab Hilde ausweichend zur Antwort und wurde dabei ein kleines bisschen rot. Claudia versuchte wiederholt, ihr Herrn Brauers

Visitenkarte zu geben und sie zu ermuntern, den netten Herrn doch mal unverbindlich anzurufen. Vielleicht erhoffte sie sich ja eine Fortsetzung der Bekanntschaft für Hilde? Aber die winkte nur ab und wollte die Karte nicht einmal ansehen. „Ich weiß: ‚Das gehört sich nicht!'" resignierte Claudia schließlich mit einem Seufzer.

Seit dem Urlaub waren einige Monate vergangen und längst war es Herbst geworden. Es wurde immer zeitiger dunkel und Hilde war nur noch selten zu gemeinsamen Spaziergängen mit Tochter oder Enkelin aufgelegt. Als beide wieder einmal bei der alten Dame waren, meinte Claudia: „Mutter, wir haben noch einmal ein paar Sonnentage und du brauchst frische Luft. Wie würde dir ein kleiner Ausflug am Samstag gefallen?" Es war offensichtlich, dass Hilde nach einer Ausrede suchte, als sie Unwohlsein vortäuschte.
Doch diesmal ließ Claudia das nicht gelten: „Wie kannst du denn jetzt schon wissen, wie du dich übermorgen fühlen wirst?" Endlich behauptete Hilde leicht genervt: „Ich habe bereits eine andere Einladung für Samstag." – „Wieder von Herrn Brauer, Oma?" platzte Ronja heraus und hielt sich im gleichen Moment erschrocken die Hand vor den Mund. Hilde und Claudia schauten sie sprachlos mit großen Augen an. Da erklärte Ronja kleinlaut: „Entschuldige, Omi, ich wollte nicht petzen, aber ich habe euch doch schon zweimal zufällig im Café am Markt zusammen gesehen."

Claudia verstand nun gar nichts mehr. „Wie hast du Herrn Brauer denn gefunden, Mutter? Du wolltest doch seine Visitenkarte von mir nie annehmen?" Und diesmal lächelte Hilde stolz, als sie zu ihrer Tochter sagte: „Deine brauchte ich auch nicht – ich hatte Rudolfs Karte längst vor dir!"

Nahe am Abgrund

Langsam, sehr langsam wanderte der Mann die Anhöhe hinauf. Die Hände in den Taschen der Lederjacke vergraben, den Rücken gebeugt setzte er mechanisch einen Fuß vor den anderen. Er hatte den Blick auf den Weg vor sich gerichtet ohne ihn wirklich wahrzunehmen, denn er war ihm seit Kindertagen vertraut. In seinem Kopf kreisten alle Gedanken nur um zwei Namen: Marion und Jonas.

Endlich hatte er den höchsten Punkt des kleinen Berges erreicht. Hier waren schon vor langer Zeit zwei Bänke für Wanderer aufgestellt worden, damit sie sich an der Aussicht weit über das Tal und das angrenzende hüglige Land erfreuen sollten. Heute war der Himmel nach einem leichten Nieselregen noch mit Wolken bedeckt, doch die Sicht schon wieder klar. Der Mann sah nichts von alledem. Und wenn, so war es für ihn ein gewohnter Anblick, dem er keine Beachtung mehr schenkte.

Der Mann zählte noch keine fünfzig Jahre, doch sein Gang war schleppend wie der eines Greises. Als er die Bänke erreicht hatte, setzte er sich, streckte die Beine aus und sah auf die Spitzen seiner Schuhe vor sich. Hier hinauf waren er und seine Frau Marion oft mit Jonas gewandert. In den ersten Jahren hatte der Vater den Jungen in seinem Wägelchen gezogen, später dann im Rollstuhl gefahren oder auch streckenweise getragen. Er war ja so leicht und klein gewesen!

Es musste eine Ewigkeit her sein, dass Marion und er ein glückliches Paar gewesen waren! Bald litt seine Frau aber darunter, dass ihre Ehe kinderlos blieb und auch er wünschte sich sehnlichst eine komplette Familie mit Kindern. Sie konsultierten Ärzte und holten sich Rat und Hilfe. Dann schien sich endlich ihr größter Wunsch zu erfüllen: Nach fünf Ehejahren wurde Marion schwanger! Doch eine Fehlgeburt machte alle Hoffnungen wieder zunichte. Ebenso erging es ihnen im Jahr darauf. Er hatte sehr viel Kraft aufbringen müssen, die verzweifelte Frau zu trösten und ihr neuen Lebensmut zu geben. Er verdiente in seinem Beruf genug, um ihr manchen Wunsch erfüllen zu können. Sie reisten gerne und dennoch blieb genug Geld übrig, um bei der Bank den Kredit für ein Haus abzuzahlen.

Sie hatten sich wohl damit abgefunden, zu zweit bleiben zu müssen. Jedenfalls sprachen sie nicht mehr darüber – da meldete sich erneut ein Kind an! Diesmal wollten die Ärzte sicher gehen und das Leben des Ungeborenen erhalten. Bereits im vierten Schwangerschaftsmonat wurde Marion in die Klinik eingewiesen und wartete dort geduldig und voller Hoffnung auf die Geburt. Doch schon im siebenten Monat setzten die Wehen ein und Jonas kam zwar vorzeitig, aber lebend auf die Welt. Es folgte die schönste Zeit für die kleine Familie und niemand konnte sich vorstellen, dass irgendetwas dieses Glück trüben könnte.

Nach einiger Zeit bemerkte Marion allerdings mit Sorge, dass Jonas immer wieder in sich zusammensank wenn sie ihn aufrichtete. Er konnte nicht ohne Hilfe sitzen und machte auch keine Anstalten, wenigstens das Krabbeln zu lernen. Die Untersuchungen ergaben eindeutig: Muskeldystrophie. Jonas war schwerstbehindert und würde es auch immer bleiben, seine Lebenserwartung war ungewiss. Trotzdem war und blieb Jonas der Sonnenschein seiner Eltern, besonders Marion wich nie von seiner Seite und beide freuten sich über jeden noch so kleinen Fortschritt ihres Lieblings.

Nicht ganz neun Jahre waren ihnen gemeinsam vergönnt, dann versagte das Herz des Jungen. Marion konnte sich mit dem

Tod ihres Kindes nicht abfinden. Sie fiel in tiefe Depressionen und musste selber ärztlich behandelt werden. Auch ihr Mann, der ja ebenso unter dem Verlust litt, konnte ihr trotz aller Mühen nicht helfen.
Ein knappes Jahr danach fand er Marion nach einer Überdosis Tabletten tot in ihrem Bett.

An die Zeit, die dann folgte, erinnerte sich der Mann nur lückenhaft. Statt in das leere Haus, wo ihn alles an sein verlorenes Glück erinnerte, ging er nach Dienstschluss in eine Bar und betrank sich. Morgens kam er immer häufiger zu spät und für alle erkennbar mit Restalkohol zum Dienst. Dann folgte die Kündigung. Das Geld reichte nun nicht mehr für die Bar, sondern nur noch für die Kneipe und bald auch das nicht mehr. Ehrlich gemeinte Ratschläge und Hilfsangebote von Freunden schlug er aus. Er hatte für nichts und niemanden mehr Interesse. Sein Heim und er selbst verwahrlosten, die fälligen Raten für das Haus hatte er schon seit einigen Monaten nicht mehr bezahlen können, da nun sein Erspartes aufgebraucht war. In seiner Jackentasche steckte der Brief mit dem Bescheid der Zwangspfändung.

Als der Mann an diesem Punkt seiner Erinnerungen angekommen war, erhob er sich langsam und doch entschlossen. Er ging die wenigen Schritte von der Bank etwas abwärts bis zu der Stelle, wo der Berg steil in den ehemaligen Steinbruch abfiel. Tief unter sich sah er die Kronen der Bäume, die jetzt dort wuchsen, doch dazwischen ragte auf halber Höhe ein Felsen wie eine Plattform aus der Wand. Nur zwei Schritte trennten ihn nun von seinem Vorhaben und er hielt noch einmal inne.

Da hörte er hoch über sich Vogelgeschrei. Er blickte auf und sah eine Formation Wildgänse nach Süden fliegen. Wie sehr hatte sich Jonas immer über diese Vögel und ihr Geschnatter gefreut! Ganz aufgeregt hatte er ihnen nachgesehen, die schwachen Arme nach ihnen ausgestreckt und ihr Rufen nachgeahmt, als wollte er sie bitten ihn mitzunehmen. In diesem Moment brach die Sonne mit einem hellen Strahl durch die Wolkendecke und der Vogelschwarm steuerte direkt darauf zu. Auf dem Weg, den er gekommen war, hörte er jetzt sich nähernde Stimmen von Menschen und Kinderlachen.

Verwirrt und unschlüssig trat der Mann noch einen Schritt vom Abgrund zurück. Sollte es möglich sein, dass es auch für ihn irgendwo einen Sonnenstrahl gab, auf den er zugehen konnte? Und noch einmal ging er zwei Schritte rückwärts. Da trat er auf eine regenfeuchte Grasnarbe, sein rechter Schuh rutschte unter ihm weg, er fiel rückwärts hin und glitt auf dem glatten Leder seiner Jacke dem Abgrund entgegen Im Reflex griff er nach einem Busch um sich daran festzuhalten. Der glatte Zweig hinterließ ein paar abgestreifte Blätter in seiner Faust. Er hörte noch seinen eigenen verzweifelten Schrei, bevor er ohnmächtig wurde.

Kurschatten

Die letzten vier Tage ihres Kuraufenthaltes waren angebrochen. Irene setzte sich nach einem ihrer täglichen Spaziergänge auf eine Bank in den Anlagen, um den Ausblick auf die Promenade und den kleinen See mit der künstlich angelegten Schwaneninsel zu genießen. Bis gestern war sie diesen Weg in Begleitung von Frau Brose, einer älteren Dame gegangen, deren fröhliche Art zu plaudern ihr manches Mal geholfen hatte, wenn sie das Heimweh überkommen wollte. Heute Morgen war ihre Begleiterin abgereist und Irene hätte auch am liebsten ihren Koffer gepackt.

Sie war seit ihrer Hochzeit mit Georg noch nie alleine gewesen. Bald danach gehörte Tochter Marlies zu ihnen und neun Jahre später wurde Nachkömmling Tobias geboren. Nun hatte die ‚Große' längst schon selbst Familie und Irene und Georg konnten sich über drei Enkelkinder freuen. Aber Tobias war ein ‚Nesthocker' und würde es wohl mindestens bis zum Ende seines Studiums bleiben. Irene war es recht, ihn noch eine Weile umsorgen zu können. Auch Vater Georg hatte nichts dagegen, denn der angehende Jurist stellte sich handwerklich nicht ungeschickt an und seine Hilfe in Haus und Garten kam den Eltern oft gelegen.

Ja, Irene konnte behaupten, dass sie glücklich war: Ihre harmonische Familie entschädigte sie vollends für trübe, lieblose Kindheit und Jugend, die sie und die Schwester als Waisen bei der Cousine ihrer verstorbenen Mutter in einer tristen Umgebung verbringen mussten. Die ältere Schwester wurde zudem bald in ein Kinderheim gegeben, weil die Tante mit dem rebellischen Kind überfordert war, Irene dagegen wurde ein stilles, fast schüchternes Mädchen.

Wieder einmal versuchte Irene die Gedanken an diese Zeit zu verdrängen. Was sollte sie sich mit ihnen belasten? Sie lebte doch zufrieden und glücklich im Hier und Heute! Ihre Arbeit als Erzieherin in einer Kindertagesstätte hatte sie in diesem Sommer, noch vor dem Eintritt ins Rentenalter, aufgegeben. Ihre Familie und die Hausärztin hatten ihr dazu geraten: Sie war nervlich und körperlich stark angegriffen. Finanziell gab es keine Probleme, denn Georg verdiente in seinem Beruf gut und sie hatten Rücklagen.

Zu ihrem vergangenen Geburtstag hatten ihr Mann und die Kinder ihr diesen Kururlaub geschenkt, was sie im ersten Moment als keine glückliche Idee empfunden hatte. „Drei Wochen allein irgendwo unter fremden Menschen – und hier geht inzwischen alles drunter und drüber!" hatte sie sich gewehrt. Georg hatte gelacht und etwas zweideutig gemeint: „Natürlich wird es hier drunter und drüber gehen – du wirst danach dein Haus kaum wieder erkennen!"
Da hatte es bei ihr gefunkt: Lange schon hatte sie ihrem Mann in den Ohren gelegen, dass wieder einmal renoviert werden müsse und das ehemalige Kinderzimmer der Tochter, das derzeit eine Abstellkammer darstellte, hätte sie gerne zu einem Freizeitraum für sich umfunktioniert. Doch das alles bedeutete zu viel Stress, dem sie sich momentan nicht gewachsen fühlte und dem sie durch diese Reise entgehen konnte.

Es wurde kühl und beizeiten schummrig jetzt im Frühherbst. Irene zog ihre Jacke enger um sich und schlenderte zum Kurhaus zurück. Als sie zum Abendessen den Speisesaal betrat, suchte sie als erstes mit den Augen ihren gewohnten Platz. Ja, er war noch unbesetzt, was bei den häufigen Abreisen und Neuzugängen nicht selbstverständlich war. Auch die zwei älteren Damen am selben Tisch waren ihr bekannt, doch auf dem nun freien Platz von Frau Brose saß ein Herr, den sie hier noch nie gesehen hatte.

Als sie an den Tisch trat, stand er auf, reichte ihr die Hand und stellte sich vor: „Guten Abend, mein Name ist Achim Südermann", und indem er auf die beiden Frauen wies, ergänzte er: „Mir wurde gesagt, dass ich hier Platz nehmen dürfe."
Irene stockte der Atem. „Ach..., Ach ja, natürlich dürfen Sie hier sitzen." Blitzschnell hatte sie sich wieder gefasst und etwas sagte ihr, dass es unklug wäre zu zeigen, dass sie ihn erkannt hatte. Er besaß schließlich keinen Alltagsnamen, doch um ganz sicher zu gehen, dass es sich tatsächlich um den ‚flotten Achim' aus ihrer Schulzeit handelte, beobachtete sie ihn so unauffällig wie möglich. Bald gab es für sie keinen Zweifel: Einen zweiten Mann, der so hieß, eine Narbe an der linken Seite des Kinns und die gleichen Muttermale über der Schläfe und auf dem Handrücken hatte, gab es wohl auf der ganzen Welt nicht!

Sie beteiligte sich heute kaum an den Tischgesprächen und zog sich bald mit dem Hinweis auf leichte Kopfschmerzen zurück. In ihrem Zimmer legte sich Irene angezogen auf das Bett und starrte die Decke an. Mit aller Wucht kamen die Erinnerungen wieder und sie musste feststellen, dass sie noch fast genau so schmerzten wie früher. Nicht einmal Georg hatte sie von den Ereignissen erzählt, für die sie sich heute noch schämte und die sie erst nach und nach hatte vergessen können. Das heutige Wiedersehen allerdings drehte für sie die Zeit über vierzig Jahre zurück und ließ alles wieder wie gegenwärtig entstehen:

Achim und sie besuchten die gleiche Schule in einem kleinen Vorort der Stadt. Fast alle Mädchen der achten Klasse schwärmten für die älteren Jungen und der absolute Favorit war Achim Südermann. Der schlanke, hübsche Junge mit dem schwarzen Lockenkopf erwiderte gerne die zahlreichen Anspielungen und die Blicke der Mädchen schmeichelten ihm. Nur Irene schien er einfach zu übersehen, was niemanden wunderte: Sie war das ‚Aschenputtel' der Klasse, viel zu dünn, ziemlich altmodisch gekleidet, was an dem mangelnden Interesse ihrer Tante lag, hatte kurze mittelblonde Haare und trug wegen einer vorübergehenden Sehschwäche eine Brille. Dass sie intelligent war und immer gute Noten bekam, schützte sie wohl vor den Hänseleien der übrigen Klasse.

Die anderen vierzehnjährigen Mädchen flirteten ganz offen auf dem Schulhof vor allem mit den Jungen aus der zehnten Klasse, zu denen Achim gehörte. Sie tuschelten untereinander von Verabredungen und schließlich sogar von ersten sexuellen Erfahrungen. Irene hatte auf diesem Gebiet absolut keine Ahnung: Mit der Tante konnte sie darüber nicht reden und mit einem Jungen hatte sie bisher nicht einmal einen Kuss gewechselt.
Hier gab es also für ihre Klassenkameradinnen eine Gelegenheit, sich über Irene lustig zu machen: Sie wollten ihr einreden, dass man in ihrem Alter unbedingt mit einem Jungen schlafen musste um erwachsen zu werden. Das glaubte sie ihnen zwar nicht, aber es wurmte sie doch, dass sie nicht mitreden konnte.

Es war etwa vier Wochen vor Schuljahresende als Achim begann, sie auffälliger zu mustern und schließlich lächelte er ihr sogar zu. Sie konnte es sich nicht erklären, doch Margitta und Sybille, mit denen sie sich noch am besten verstand, bestärkten sie in dem Glauben, dass sich der ‚flotte Achim' ernsthaft für sie interessierte. Wenig später überbrachte einer seiner Freunde ein Zettelchen: Sie sollte nur nicken, wenn er sie heute nach dem Unterricht nach Hause begleiten dürfe. Ihr Nicken fiel fast ein wenig zu heftig aus.

In der nächsten Zeit schwebte Irene irgendwo in rosa Wolken: Achim ging nun an jedem Tag mit ihr zur Schule und zurück und machte ihr vor allem über ihre Klugheit Komplimente. Schließlich bat er sie, ihn zum Abschlussball der zehnten Klassen zu begleiten, der eine Woche vor den Sommerferien stattfinden würde! Sie war zum ersten Mal verliebt und bettelte so lange, bis die Tante ihr für das Fest ein eigenes Kleid änderte.

Irene hatte nirgends tanzen gelernt und entsprechend ungeschickt fielen ihre Versuche an jenem Abend aus. Achim ersparte ihr bald weitere Blamagen, ging mit ihr zu den anderen Jungen und besorgte an der Bar einen Sektcocktail für sie. Dann wurde am Tisch eine Runde Halbe Liter getrunken und auch Irene bekam ein volles Glas Bier. Niemand schien sich daran zu stören, dass sie erst vierzehn Jahre alt war und bis dahin noch nie Alkohol getrunken hatte.
Schon beim zweiten Glas Bier, zu dem auch Weinbrand gehörte, zeigte sich die Wirkung: Ihr wurde übel und sie musste an die frische Luft gehen. Als sie zurückkam, nötigten die anderen sie, doch wenigstens noch auszutrinken. Etwas später verkündete Achim den Freunden, dass er Irene nun nach Hause bringen würde, was bei ihnen merkwürdigerweise freudige Zustimmung fand.

Kurz vor dem Haus, in dem sie mit der Tante wohnte, führte die Vorstadtstraße an einem verlassenen Grundstück vorbei. Nur hier und da waren noch Reste eines ehemaligen Zaunes zu erkennen. Achim führte sie den grasbewachsenen Weg entlang in den halbverfallenen Schuppen, um sich dort ein wenig auszuruhen, wie er sagte. Irene setzte sich auf einen Bretterstapel.
Sie war müde und zu benommen, um klar denken zu können. Ohne den Sinn zu begreifen, hörte sie Achim zu, der leise und eindringlich auf sie einredete: Er hätte vorher nicht gewusst, dass sie so ein nettes Mädchen sei, nun hätte er sie tatsächlich gern und sie solle auf keinen Fall schlecht von ihm denken, egal was morgen sein würde. Endlich half er ihr aufzustehen und brachte sie das letzte Stück Weg nach Hause.

Am nächsten Tag, einem Sonntag, musste sich Irene zwar die Vorwürfe und das Schimpfen der Tante anhören, doch sie ahnte noch nicht, welches Gewitter sich wirklich über ihr zusammenbraute. Am Montag wartete Achim nicht wie sonst morgens auf sie: Die zehnten Klassen hatten keinen Unterricht mehr. Doch das Getuschel und die hämischen Blicke der anderen Schüler konnte sie sich nicht erklären. Wenn sie sich einer Gruppe von ihnen näherte, verstummten die oder gingen auseinander. In der Mittagspause hielt sie es nicht länger aus: Sie hielt Sybille fest, die als letzte vor ihr den Klassenraum verlassen wollte, und fragte sie nach dem Grund dieses Verhaltens. Sybille antwortete mit einem schadenfrohen Grinsen: „Da fragst du noch? Ja, wenn eine in dem Alter nachts mit Jungs in dunklen Schuppen rummacht, braucht sie sich nicht zu wundern, wenn man sie ‚Schlampe' nennt! Ihr seid nämlich beobachtet worden!"

Irene war wie vom Donner gerührt und schnappte nach Luft: „Aber – aber ihr erzählt doch selber immer …" „Damit geben die meisten Mädels doch bloß an, du Doofe!" unterbrach sie die andere. „Oder hast du das alles im Ernst geglaubt?" Als sie danach zur Tür ging, rief ihr Irene verzweifelt nach: „Aber da war nichts! Es ist nichts passiert!" Sybille sah noch einmal über die Schulter zurück und meinte schnippisch: „Hach – wer's glaubt! Jedenfalls hat Achim seine Wette gewonnen!"

Irene ließ sich fassungslos auf den nächsten Stuhl fallen: Sie wusste von keiner Wette, doch sie glaubte Sybille und ahnte, dass die Mädchen vielleicht sogar daran beteiligt waren. Sie fühlte sich verraten und besudelt. Ihr nächster Gedanke war: Achim kannte die Wahrheit, er musste das Missverständnis aufklären und sie verteidigen! Doch so oft sie auch in der folgenden Zeit bei seinen Eltern an der Wohnungstür klingelte – entweder ließ er sich verleugnen oder war tatsächlich nicht zu Hause, jedenfalls wurde sie stets mit kurzen, nicht sehr freundlichen Worten abgefertigt.

Ihr wurde bewusst, wie schadenfroh und gehässig Nachbarn und so genannte Freunde sein konnten, so lange das Unglück nicht sie selbst betraf. Auf der Straße sah man geflissentlich an ihr vorbei als wäre sie Luft und ihr höflicher Gruß wurde nicht erwidert. Die Tante sprach von ihr als ‚der Schande' und ‚dem Flittchen' und ein viertel Jahr später hatte sie durchgesetzt, dass Irene wie zuvor ihre Schwester in ein Heim eingewiesen wurde.

Bis dahin hatte die Tante mit dem Wort „Erziehungsheim" bei Irene Angst hervorgerufen und sie gefügig gemacht, als handelte es sich um ein Gefängnis. Stattdessen erlebte sie nun ein neues Zuhause, in dem sie zwar auch keine Elternliebe erfuhr, doch die Erwachsenen waren freundlich und meist verständnisvoll. Bald hatte sie sich eingelebt und besonders mit der Erzieherin Marlies verband sie ein fast freundschaftliches Verhältnis. Diese junge Frau sorgte auch dafür, dass Irene das Abitur ablegen durfte. Danach entschied sie sich ebenfalls für diesen Beruf und ihre Tochter erhielt später den Namen ihres Vorbilds.

Nach und nach verblassten die Narben auf ihrer Seele – bis zum heutigen Abend. Nein, es tat nicht mehr ganz so weh wie früher, gestand sich Irene ein. Doch die Wut und die Enttäuschung über den Verrat waren wieder lebendig. Dafür sollte Achim büßen! Zumindest sollte er erfahren, welchen Schmerz er ihr damals zugefügt hatte, und sich dafür jetzt noch bei ihr entschuldigen! Sie wollte … Ja, was wollte sie eigentlich? Im Moment war sie viel zu aufgewühlt, um es genau zu wissen. Dafür kamen endlich die erlösenden Tränen und sie weinte sich in den Schlaf.

In den nächsten beiden Tagen bemühte sie sich um ein kühles, höfliches Verhalten bei Tisch. Für die restliche Zeit ging sie Achim aus dem Weg, was keine große Mühe machte, da sie noch ein paar Massagen, Wassertreten und Gymnastik gebucht hatte. Aber selbst dabei und auf ihren Spaziergängen kreisten ihre Gedanken ständig darum, wie sie es diesem Schuft noch heimzahlen könnte.

Es war kein Wunder, dass er sie nicht erkannt hatte: Sie trug längst keine Brille mehr, die Haare färbte sie rotbraun seit sich die ersten ‚Grauen' gezeigt hatten und ihre Figur war ihrem Alter angemessen etwas fülliger als schlank. Außerdem hatte sie sich nicht mit dem Vornamen, sondern nur mit ihrem Familiennamen vorgestellt und den konnte Achim nicht wissen.

Es kam ihr nicht ungelegen, dass Achim an ihrem letzten Tag sie und die beiden anderen Frauen für den Abend zu einer Flasche Wein einlud. Vielleicht ergab sich ja dabei eine letzte Möglichkeit für ihr Vorhaben und es würde ihr gar nichts ausmachen, ihn vor den Damen bloßzustellen – er hatte sie damals auch ohne Bedenken der allgemeinen Verachtung ausgesetzt.

In ihrem Zimmer zog sie das Kleid an, das sie für gesellige Veranstaltungen mitgenommen hatte und das Georg so gut an ihr gefiel. Vor dem kleinen Schminktisch kam ihr für einen Augenblick der Gedanke, dass Georg ihre Absicht wohl nicht gut heißen würde. Sie schaute ihr Spiegelbild an und war sich mit einem Mal nicht mehr sicher, ob sie sich mit aller Härte an Achim rächen wollte. Die drei Tage in seiner Nähe hatten ihr einen rücksichtsvollen, höflichen Mann gezeigt, der mit dem eingebildeten, leichtfertigen Burschen von früher nichts mehr gemein hatte.

Doch als sie die Treppe zum Gemeinschaftsraum hinunterging, dachte sie trotzig: ‚Nur nicht weich werden!' und ‚Strafe muss sein!'

Das Gespräch der vier Leute drehte sich zunächst um die Einrichtungen des Kurhauses, die Anwendungen und das Personal. Da die beiden Damen – wie sich jetzt herausstellte, waren es Schwestern – schon mehrere Kurorte besucht hatten, konnten sie mit Erfahrungen und Vergleichen aufwarten. Dabei war nicht zu vermeiden, dass auch das Wort ‚Kurschatten' fiel und eine der Schwestern fragte Achim scherzhaft, welche von den drei anwesenden Frauen er sich denn im Fall des Falles erwählen würde. Er schüttelte lachend den Kopf und versicherte, dass er glücklich verheiratet sei und überhaupt sehr viel von der Treue hielt.

In Irene spannte sich alles und sie war hellwach – dieses Thema kam ihr wie gerufen. Sie musste es jetzt nur noch geschickt auf das Stichwort ‚Jugendsünden' lenken und dann … Da hatte Achim bereits aus seiner inneren Jackentasche ein Foto geholt, das er nun auf den Tisch legte. Dabei erzählte er, dass seine Ehe leider kinderlos geblieben war, das Mädchen auf dem Bild eine Adoptivtochter und das größte Glück seiner Eltern war. Und dabei strahlten seine Augen.

Die Schwestern schauten auf das Foto und warfen sich einen kurzen Blick zu. „Ja, wirklich niedlich, die Kleine" meinte eine von ihnen leicht verlegen. Verwundert zog Irene das Bild zu sich und wusste sofort Bescheid. Völlig unbefangen erklärte sie: „Menschen, die das Down-Syndrom haben, sind meist sehr anhänglich, liebevoll und fröhlich." Und nun sprach sie Achim direkt an: „Ich schätze die junge Frau auf etwas über zwanzig Jahre, stimmt's? Welche Talente hat sie denn?"

Vor Überraschung verschlug es Achim für einen Moment die Sprache, dann stammelte er: „Woher kennen Sie – ich meine – was wissen Sie über …?" Irene erklärte – und zu ihrer eigenen Verwunderung lächelte sie dabei: „Ich bin, nein, ich war bis vor kurzer Zeit Erzieherin und hatte in meinem Beruf viele unterschiedliche Menschen kennen gelernt, auch solche mit Behinderungen. Meistens hatte ich sehr gute Erfahrungen mit ihnen machen können."

Achim war anzumerken, wie froh er war, ohne Hemmungen von der Tochter erzählen zu können: Ja, auf dem Foto war sie bereits dreiundzwanzig Jahre alt. Als Fünfjährige hatten er und seine Frau sie adoptiert. Trotz ihrer Behinderung konnte sie etwas lesen und schreiben.
„Sie ist musikalisch und singt und tanzt gerne", schwärmte Achim weiter. „Am liebsten aber malt sie. Wir staunen immer wieder über ihre Beobachtungsgabe: Wir gehen mit ihr spazieren und sehen Pferde auf einer Koppel – zu Hause malt sie den Käfer, der auf der Umzäunung gesessen hatte!"

Während Achim erzählte, hatte Irene sich das Foto noch einmal angesehen: Drei Menschen, wie sie glücklicher nicht aussehen konnten. Die Frau mit den dunklen Augen im hübschen ovalen Gesicht schaute liebevoll ihre Tochter an, für die sie und ihr Mann bereits seit achtzehn Jahren die Sorge und Verantwortung übernommen hatten, ohne jemals auf einen Ausgleich hoffen zu können. Was für großherzige Menschen das waren!

Am nächsten Morgen verabschiedete sich Irene freundlich von den beiden Schwestern. Als sie Achim die Hand gab, dachte sie unwillkürlich: ‚Wenn du wüsstest …!' und dabei musste sie beinahe lachen. Er hielt ihre Hand ein Weilchen fest und sagte leise: „Ich wollte Sie schon die ganze Zeit etwas fragen: Könnte es sein, dass wir uns schon einmal begegnet sind? Es ist etwas in ihrer Stimme und ihrer ganzen Art, das mich an jemanden erinnert." Irene gelang jetzt sogar ein Lächeln als sie antwortete: „Ich hoffe doch, dass es nur gute Erinnerungen sind."
Auf der Heimfahrt wusste sie mit Bestimmtheit: Diese Schatten aus der Vergangenheit würden sie nun nie mehr einholen. Es gab sie nicht mehr.

Luise T. und ihre Männer

Als sich der Zug endlich in Bewegung setzte und aus der Bahnhofshalle rollte, spürte Luise nach langer Zeit wieder einmal dieses eigenartige Kribbeln: Lust auf ein Abenteuer, auf etwas Neues und das ganze mit ein klein wenig Risiko gemischt. Warum sollte sie trotz ihrer 62 Jahre nicht doch noch einmal Wärme und Geborgenheit finden, nach denen sie sich immer gesehnt hatte!

Vor etwa einem halben Jahr hatte Luise halb aus Neugier, halb aus Scherz auf eine Annonce in einer überregionalen Zeitung geantwortet. Ein älterer, allein stehender Herr aus einer Stadt im Rheinland suchte eine Brieffreundschaft mit einer ebenfalls älteren Dame. Er stellte keine besonderen Erwartungen an seine zukünftige Briefpartnerin und nannte unter anderem seine Interessen, nämlich Reisen, sowie Theater und Literatur, Garten und Natur. Vor allem letzteres hatte Luise gefallen.

Doch sie glaubte kaum, dass sie Antwort auf ihren Brief bekommen würde – sicher hatten etliche Frauen auf die sympathisch klingende Anzeige geschrieben – umso erstaunter war sie, als sie schon wenige Tage später einen Brief von Peter H. in den Händen hielt. Seit dem telefonierten sie auch häufig, seine Stimme klang ihr angenehm. Inzwischen besaß sie sogar ein Foto von ihm: Ein Durchschnittstyp, den sie auf der Straße kaum beachtet hätte.

Dann folgte die Einladung zu einem Wochenendbesuch (mit Übernachtung in einem Hotel!) und nun war sie auf dem Weg dorthin. Trotz gegenseitiger Fotos hatten sie ein Erkennungs-Zeichen ausgemacht: Ein weißer Schal über der Jacke oder dem Mantelkragen.

Luises beste Freundin Hanni hatte sie gewarnt und lachend gemeint, dass sie sich lieber einen kleinen Hund oder eine Katze anschaffen sollte, von denen würde sie mehr verstehen als von Männern.

Hannelore kannte Luises ganzes Leben mit allen Höhen und Tiefen, waren sie doch bereits in der Schulzeit unzertrennlich gewesen. Daran hatte sich auch nichts geändert, als Hanni nach der Heirat zu ihrem Mann Günther nach Dresden gezogen war. Zuerst ging jede Woche mindestens ein Brief hin oder her, später konnten sie miteinander telefonieren und seit einiger Zeit schickten sie sich auch noch E-Mails. Luise fand Günther zwar sympathisch, doch für ihren Geschmack war der Kunsthistoriker zu ruhig und bedächtig. Die Hauptsache aber war ja, dass er sein ‚Hannchen' liebte, ihr jeden eigenen Willen ließ und mit ihr eine zwar kinderlose jedoch glückliche Ehe führte.

Luise seufzte. Nein, so gut wie ihre Freundin hatte sie es nicht getroffen und – wenn sie es recht bedachte – mit keinem ihrer Männer! Vielleicht hatte sie sich das erste Mal so früh verliebt, weil sie bis dahin gar nicht wusste, was Liebe bedeutete. Ihre Eltern hatte sie verloren, bevor sie in die Schule kam. Die ältere Schwester ihres Vaters hatte sie aufgenommen, aber bei der allein stehenden Frau fand sie wenig Nestwärme. Die Tante erzog sie wie ihre beiden halbwüchsigen Söhne mit Strenge und duldete keinen Ungehorsam. Für das Mädchen fand sie nur selten ein freundliches Wort und die beiden Cousins kümmerten sich kaum um die viel Jüngere. Luise galt als wohlerzogen, willig und schüchtern.

Natürlich kannte sie den Gymnasiasten Michael aus dem Nachbarhaus längst, doch als er der kaum Sechzehnjährigen auffallend oft zulächelte, fühlte sie sich geschmeichelt. Das erste Briefchen, das er ihr zusteckte, hielt sie vor der Tante geheim. Nur Hanni vertraute sie sich an und die immer fröhliche Freundin, die von ihren Eltern viel weltoffener und liebevoller als sie erzogen worden war, verhalf ihr durch „Alibis" zu manchem heimlichen Treffen mit Michael.

Irgendwann lud der junge Mann Luise zu sich nach Hause ein und sie war sehr erstaunt, dass seine Mutter nichts gegen die junge Liebe einzuwenden hatte. Der Tante hatte Luise noch immer nicht zu beichten gewagt. Ein bisschen befremdete es Luise schon, dass die Frau ihren fast erwachsenen Sohn „Michi" nannte, manchmal sogar „Michilein" und ihm zärtlich über das Haar strich. Doch Hanni erklärte der Freundin, dass sie ja nie wirkliche Mutterliebe kennen gelernt hatte und sich schon daran gewöhnen würde.

Und tatsächlich wurde auch sie bald einbezogen in die Fürsorge der Frau, die von der Tante nach einem Gespräch unter vier Augen die Erlaubnis erwirkt hatte, dass sich Luise oft bei ihr und ihrem Sohn aufhalten durfte. Ja, fast kam es Luise vor, als wäre die sonst so strenge Tante sogar froh darüber, was sie sehr verwunderte.
An Luises siebzehntem Geburtstag schenkte ihr Michael einen Ring und als sie ihn aufgesetzt hatte, zeigte er ihr einen ähnlichen Ring an seiner Hand und meinte, dass sie nun verlobt wären, was ein Heiratsversprechen sei. Die Mutter wusste sich gar nicht zu lassen vor Freude und nannte das Mädchen nun ihre ‚liebe Schwiegertochter'.

Luise hatte kurz zuvor ihr letztes Schuljahr beendet und stand nun vor der Frage, welchen Beruf sie erlernen sollte. Michael hatte wie immer keine Meinung dazu, beziehungsweise die gleiche wie seine Mutter, nämlich dass er für Luise sorgen würde, wenn sie erst einmal verheiratet wären und dass sie keinen Beruf brauche.
Die Tante wendete ein, dass sie es doch für besser hielt, wenn Luise noch etwas lernen würde, man kann ja nie wissen …
Von allen Vorschlägen, die ihr gemacht wurden, gefiel ihr der Beruf der Gärtnerin am besten. Schließlich meinte sogar

Michaels Mutter, dass ein bisschen Blumen gießen und Sträuße binden auch für eine Hausfrau recht schicklich wäre.

In ihrem Ausbildungsbetrieb merkte Luise bald, dass sie es nicht nur mit Blümchen zu tun bekam, sondern kräftig zupacken musste, aber gerade das machte ihr Freude. Zu Hause erzählte sie nichts davon, weil sie fürchtete, dass man ihr sonst die Gärtnerei wieder verbieten würde. Nur ihrer Vertrauten Hannelore erzählte sie natürlich von ihrer Arbeit.

Die Freundin war in der letzten Zeit immer nachdenklicher geworden wenn Luise ihr von ihrer ‚Familie' erzählte. Eines Tages meinte sie: „Liesel, die ganze Sache gefällt mir nicht." Betroffen fragte Luise nach dem Grund und erfuhr, dass Hannis Mutter unfreiwillig eine eigenartige Bemerkung der Tante gehört hatte. Die hatte sich geäußert, dass sie die Nichte nun endlich bald los sein würde, weil die Nachbarin eine Frau für ihren Sohn brauche.
„Verstehst du, Liesel?" hatte Hanni ihre Freundin gefragt. „Das klingt doch gerade, als hätten sie dich ausgehandelt!" Jetzt wurde auch Luise stutzig und die beiden Freundinnen berieten, wie sie die Wahrheit erfahren könnten.

Eines Abends ergab es sich, dass Luise mit Michael allein ohne seine Mutter war, was recht selten vorkam. Ohne irgendeine Einleitung fragte Luise ihn geradezu: „Warum will deine Mutter, dass ich dich heiraten soll?" Von einer solch offenen und direkten Frage war der junge Mann völlig überrumpelt. Er wusste nicht gleich zu antworten und seine Mutter war nicht da, um für ihn zu sprechen. In Halbsätzen und Phrasen versuchte er eine Antwort zu formulieren. Endlich konnte Luise die Zusammenhänge verstehen: Die Mutter litt an Rheuma und befürchtete, eines Tages pflegebedürftig zu werden. Da wollte sie sich und den Sohn versorgt wissen und die Tante hatte zugestimmt, dass Luise zu diesem Zweck in ihr Haus käme.

Luise war empört. Sie wusste nicht, ob sie weinen, lachen oder schreien sollte. Endlich nahm sie ohne ein Wort zu sagen den Ring von ihrem Finger, legte ihn auf den Tisch vor Michael und verließ ebenso wortlos die Wohnung. In ihrem Zimmer bei der Tante packte sie so viel von ihren Sachen ein wie sie in zwei Koffern tragen konnte und ging ebenfalls ohne eine Erklärung fort. Vielleicht dachte die Tante ja, dass sie nun zu Michael ziehen würde, denn sie fragte nicht und hielt sie auch nicht zurück.

Eine Woche lang teilte Luise mit Hannelore deren Zimmer, dann zog sie in ein Internat für Lehrlinge, das ihr Ausbildungsbetrieb ihr vermittelt hatte. Dort fühlte sie sich endlich und zum ersten Mal in ihrem Leben frei und sie hatte das Gefühl, im letzten Moment einer großen Gefahr entronnen zu sein.

Der Zug hielt auf einer kleineren Station in der Vorstadt. Eine Schulklasse mit ihren Lehrern stieg aus einem der Waggons weiter vorn. Luise sah die Kinder sich um einen Kiosk drängeln, lachen und rufen. Wie unbeschwert diese Kinder heutzutage sind, dachte sie. Dann setzte sie in Gedanken hinzu: hoffentlich. Ein junges Pärchen kam die Treppe zum Bahnsteig hoch gerannt. Der Mann riss eine der Türen am Zug auf und warf eine Reisetasche hinein. Dann verabschiedeten sich die beiden hastig aber innig. Der Zugabfertiger nahm noch einmal die Trillerpfeife aus dem Mund, mit der er schon das Abfahrtssignal hatte geben wollen, und wartete schmunzelnd bis sich beide noch einmal geküsst hatten, die junge Frau eingestiegen und die Tür geschlossen war. Die Kinder winkten dem abfahrenden Zug nach und Luise winkte zurück.

Sie lehnte sich in ihre Fensterecke zurück und schaute auf die vorbei gleitenden Häuser des kleinen Ortes, hinter dem sich Felder und Wiesen anschlossen.

In solch einem Dorf war auch sie vor vielen Jahren einmal gelandet. Mit Albert, ihrem ersten Mann. Noch während ihrer Lehrzeit in der Gärtnerei hatte sie den hübschen kräftigen Burschen kennen gelernt. Sie besuchten verschiedene Klassen der gleichen Berufsschule für Gartenbau und Landwirtschaft und sahen sich oft in den Pausen. Etwas später warteten sie jeweils auf den anderen für den gemeinsamen Heimweg. Dieser Albert sah nicht so aus, als wollte er ‚versorgt' sein, der konnte zupacken. Auch bei Luise, die bald merkte, dass sie schwanger war.
Albert zuckte bei der Nachricht nur mit den Schultern und meinte: „Das ist doch was zum Freuen! Oder etwa nicht?"

An einem herrlichen Tag in den Sommerferien fuhr sie mit Albert in dessen Heimat, einem kleinen idyllischen Dorf, wo sie von den zukünftigen Schwiegereltern herzlich aufgenommen wurde. Es waren einfache, fleißige und freundliche Menschen.
Das schmucke Einfamilienhaus mit dem angrenzenden Obst- und Gemüsegarten sagten Luise ebenfalls zu. „Hier also wird mein Kind aufwachsen", dachte sie. „An der gesunden frischen Luft mit viel Platz zum Spielen und sogar mit Hund, Katzen und Hühnern! Und auch für mich wird es hier auf dem Lande sicher eine geeignete Arbeit geben."

Die Zukunft schien ihr in den schillerndsten Farben und sogar Hanni fand keine Einwände. Luise und Albert heirateten so bald wie möglich. Damals galt ein uneheliches Kind zu haben zwar nicht mehr direkt als Schande, aber eine Eheschließung wurde dennoch erwartet. Ihre Ausbildung konnte Luise noch beenden, zwei Prüfungen durfte sie sogar vorzeitig ablegen, denn der Termin der Entbindung rückte immer näher.

Als sie – wie sie glaubte – für immer in die obere Etage des Hauses bei Alberts Eltern einzogen, brachte sie schon die kleine Sonja im Kinderwagen mit. Die Hilfe und Ratschläge der erfahrenen Schwiegermutter nahm die damals nicht ganz Zwanzigjährige gerne an und bald kam sie mit Kind und Haushalt sehr gut selbst zurecht. Wenn die Kleine schlief, wollte sich Luise im Garten nützlich machen – schließlich verstand sie allerhand davon – aber so ganz recht schien es der Älteren nicht zu sein. „Du hast ein Kind. Kümmre dich um die Kleine und fahr mit ihr spazieren", wehrte die Mutter oft Luises wohlgemeinte Hilfe ab.

Luise begann sich zu langweilen. Albert arbeitete in der Feldwirtschaft und war gerade im Sommer wenig zu Hause. Oft kam er erst heim, wenn es zu dunkeln begann. Dann wurde gemeinsam gegessen, was die Schwiegermutter gekocht hatte. Luise durfte den Tisch abräumen, damit die Karten zum Canasta spielen hervorgeholt werden konnten. Doch auch das dauerte nicht lange. Bald begann der Schwiegervater zu gähnen und ging schlafen, denn er musste als Melker am nächsten Morgen um 5.30 Uhr bereits bei den Kühen sein. Auch Albert war oft müde vom langen Arbeitstag und die Schwiegermutter nahm sich höchstens noch eine Näharbeit vor: Sie besserte die Arbeitssachen der Männer aus.

Luise fragte häufig, wie sie sich nützlich machen könne, doch sie bekam meist abschlägige Antworten. Manchmal durfte sie die Hühner füttern, was in wenigen Minuten getan war, oder sie ging für die Familie am Versorgungswagen einkaufen, der zweimal in der Woche ins Dorf kam. Die Schwiegermutter gab Luise dann jedes Mal den Bestellzettel für den nächsten Einkauf mit und meinte: „Dabei kannst du gleich mit Sonja einen ausgiebigen Spaziergang machen."

Als Luise einmal mit ihrem Mann allein war, beschwerte sie sich, dass sie so gar nichts im Haus und im Garten tun dürfe, dabei sei sie doch gelernte Gärtnerin und würde gewiss nichts falsch machen. Albert, der ja seine Mutter besser kannte als sie, erklärte ihr: „Das ist nun mal Mutters Revier und das lässt sie sich auch nicht aus der Hand nehmen. Kannst du denn nicht verstehen, dass sie sich ohne ihre gewohnten Aufgaben nutzlos fühlen würde?" „Ach, und wie ich mich fühle, kann sich wohl niemand in diesem Hause denken?" begehrte Luise auf. „Du bist für das Kind und unsere Zimmer zuständig", bekam sie zur Antwort.

Heimlich schaute sich Luise im Dorf und in der Umgebung nach einer möglichen Tätigkeit um, und wenn es auch nur stundenweise gewesen wäre! Eine Gärtnerei gab es weit und breit nicht.
Irgendwann erfuhr die Schwiegermutter davon und bemerkte am Abend beim gemeinsamen Essen wie so nebenbei: „Heute fragte mich die Nachbarin, ob denn unsere Schwiegertochter bei uns hungern würde, weil sie woanders um Arbeit betteln gehen muss." Die Männer antworteten nicht darauf. Da resignierte Luise und zog sich von allem zurück.

Vier Jahre hielt es Luise in dem „Kaff" aus, wie sie es inzwischen nannte. Besonders im Winter litt sie an der Einsamkeit und fühlte sich verloren. Oft dachte sie daran, wieder in die Stadt zu ziehen, doch sie wollte dem Kind nicht die gewohnte Umgebung und den Vater nehmen. Hanni, der sie in mancher traurigen Stunde ihr Leid heimlich am Telefon klagte, verstand sie wohl als einzige. Eines Tages riet ihr die Freundin: „Wenn du die Absicht hast dich zu trennen, dann tue es bald! Noch ist Sonja klein genug, um sich daran zu gewöhnen. Je länger du wartest, um so mehr wird sie später leiden."

Nun war Luises Entschluss endgültig gefasst. Als Hanni eine geeignete Wohnung und sogar eine Arbeitsstelle für Luise gefunden hatte, hielt sie nichts mehr. Sie teilte ihren Entschluss der Familie mit und erfuhr die unterschiedlichsten Reaktionen. Albert seufzte: „Das habe ich schon lange geahnt!" Er ließ sich von Luise versichern, dass er seine

Tochter besuchen dürfe, was sie ihm gerne versprach. Später hat er sich jedoch kein einziges Mal sehen lassen, schickte aber regelmäßig den Unterhalt für das Kind.
Die Schwiegermutter begann zu weinen und beklagte sich: „Das ist nun der Dank für alles. Aufgenommen haben wir sie und ihr Kind wie unser eigenes! Und was für ein gutes Leben sie hier hatte: Brauchte nichts zu tun und hat gelebt wie eine Gnädige." Als sie geendet hatte, versiegten ihre Tränen wieder.
Nur der Schwiegervater hatte sie traurig angeschaut und leise gesagt: „Recht so. Wärst ja hier eingegangen wie ein durstiges Pflänzchen."

Es gab einen Ruck, der Zug verlangsamte seine Fahrt merklich, dann stand er auf freier Strecke. Unruhig oder neugierig versuchten die Fahrgäste, die Ursache für den Halt zu erfahren. Einige schauten aus dem Fenster, einer rief: „Das Signal steht auf Rot!" Dann kam der Zugbegleiter durch die Wagen und beruhigte die Leute: „Uns entgegen kommt ein Eilzug. Er muss erst über die Weiche vor uns abbiegen, bevor wir weiterfahren können. Es wird nur wenige Minuten dauern!"
Es begann ein Stimmengewirr: Manche schimpften auf die schlechte Organisation bei der Bahn, andere wussten Beispiele, wo ein Zugführer das rote Haltesignal missachtet hatte und dann... Da zischte auch schon der erwartete Zug neben ihnen vorbei und die Gefahr war vorüber. Die Fahrt konnte weitergehen.

Ja, auch Luise hatte damals nach ihrer ‚Flucht' wie beim ersten Mal das sichere Gefühl, wieder einmal einer Gefahr entronnen zu sein: Diesmal der Gefahr der Vereinsamung.
Umso mehr stürzte sie sich nun in die neue Aufgabe: Erst arbeitete sie nur halbtags in einem größeren Gartenbaubetrieb und eine Nachbarin betreute derweil Sonja gemeinsam mit ihrem eigenen Kind. Später bekam Luise einen Platz im Kindergarten und widmete sich nun mit Leidenschaft ihrem

Beruf. Das blieb auch dem Chef und Eigentümer des Betriebes, einem freundlichen älteren Witwer, nicht verborgen. Etwa zu der Zeit als Sonja eingeschult wurde, schlug er ihr vor, sich im Fernstudium zur Gärtnermeisterin weiterzubilden. Die Kolleginnen und Kollegen, mit denen sie sich gut verstand, ermunterten sie und zerstreuten ihre Zweifel: "Das schaffst du mit Links bei deinem Können!"
Sonja fragte, als ihre Mutter einmal in einem dicken Buch las und dann etwas in ein Heft schrieb: „Mama, bist du jetzt auch ein Schulkind?" Luise lachte glücklich und fühlte sich wieder frei und vor allem etwas wert.
Der einzige Wermutstropfen in dieser Zeit war Hannis Umzug nach Dresden gewesen. Aber ihre Freundschaft hatte niemals darunter gelitten.

Kurz bevor Luise die Meisterprüfung vor der Landwirtschafts-Kammer ablegen sollte, übergab der Chef die Gärtnerei an seinen Sohn, der kürzlich sein Diplom als Agraringenieur bekommen hatte. Der alte Herr blieb zwar noch eine Weile im Betrieb tätig, aber nur zu seinem eigenen Vergnügen, wie er sagte.
Schon zwei Tage nach der Übergabe bat der Senior Luise ins „Allerheiligste", das Chefbüro. Dort stand sie zum ersten Mal ihrem neuen Chef gegenüber: Roland.
Schlank, groß und mit dunklen welligen Haaren schienen seine strahlenden blauen Augen sie zu durchbohren. Sie hielt den Atem an und in ihrem Kopf überschlugen sich die Gedanken bis nur noch einer übrig blieb: „Das gibt es doch nicht!" Der ‚Seniorchef' stellte dem Sohn seine ‚fähigste' Kraft Luise vor, die als Meisterin nun bald die Lehrlinge in der Gärtnerei ausbilden sollte.

Hanni sagte später, als Luise ihr völlig verdattert am Telefon davon berichtete: „Au weia, dich hat es aber arg erwischt. Liebe auf den ersten Blick! Sei bloß vorsichtig, dass du nicht wieder reinfällst!"

Die folgenden Jahre erschienen Luise später wie ein gewaltiger, alles verschlingender Strudel, in den sie hineingezogen wurde ohne etwas dagegen tun zu können: Nach der turbulenten Feier zur bestandenen Meisterprüfung landete sie nach etlichen Gläsern Sekt und Cocktails mit Roland im Bett. Danach konnte sie ihr Glück kaum fassen, dass sie, ja, ausgerechnet sie diesen herrlichen Mann erobert hatte, um den sie doch jede Frau beneiden musste!

Nun waren sie zwar ein Paar, lebten aber weiterhin erst einmal in getrennten Wohnungen. Luise war sich bewusst, dass sie sich bemühen musste, wollte sie einen Mann wie den Chef auf Dauer an sich binden, denn das war ihr fester Wille, so verliebt wie sie war. Sie stürzte sich regelrecht in die Arbeit, kümmerte sich um Einkauf und Versand, bildete die Lehrlinge aus, kontrollierte die zum Verkauf bereite Ware und packte sogar beim Verladen der Lieferwagen mit an. Zusammen mit einer Bürokraft führte sie die Buchhaltung und verhandelte am Telefon mit Kunden und Lieferfirmen.

Heute ist es Luise unklar, wie sie das alles geschafft hatte. Gewiss, Sonja blieb teilweise dabei auf der Strecke, sie hatte kaum Zeit für die Tochter und die beiden entfremdeten sich immer mehr. Doch in Luises übervollem Herzen hatte nur noch eine Person Platz: ihr Roland. Als der dann die Gärtnerei durch eine Baumschule und den Handel mit Ziergehölzen erweitern wollte, unterstützte sie ihn auch darin und studierte bis in die tiefe Nacht Fachbücher, um sich entsprechende Kenntnisse anzueignen.

Sie merkte bei all dem kaum, dass sie von Kolleginnen mitleidig beobachtet wurde, und deren Bemerkungen, dass sie sich doch nicht zu viel zumuten sollte, tat sie als Neid ab. Sie fühlte sich noch jung und kraftvoll genug, ihrem Roland in allem zur Seite zu stehen. Sie bemerkte auch nicht, dass sie seine Zärtlichkeiten nur noch sporadisch empfing, wie es seine

Launen gerade hergaben: Manchmal war er ein stürmischer Liebhaber, meistens aber wies er ihre Zärtlichkeiten kühl zurück. Dann glaubte sie, sich erst recht anstrengen zu müssen, um ihm ihre übergroße Liebe zu beweisen.

Sonja schaffte den Schulabschluss zwar nicht mit einem guten, aber doch noch annehmbaren Zeugnis. Was sollte nun aus ihr werden? „Bilde sie doch selbst aus", meinte Roland, als Luise ihm diese Frage stellte. Er hatte trotz seiner Beziehung zu ihr das Mädchen zwar nicht als störend, aber auch nie als wirklich dazugehörig empfunden. Sonja war die Tochter seiner Geliebten, nicht seine. Basta.

Wieder hielt der Zug in einem Bahnhof. Luise schaute auf die Uhr: Mehr als die Hälfte der Fahrzeit war inzwischen vergangen. Sie kam ihrem Ziel immer näher.
Auf dieser größeren Station kreuzten und begegneten sich Züge aus verschiedenen Richtungen und viele Reisende stiegen um. Eine Gruppe junger Leute stieg zu, ein Mädchen fragte: „Ist das hier auch wieder ein Schnellzug?" und ein Mann antwortete: „Nö, das ist ein Bummelzug, der hält an jedem Briefkasten!" „Du liebe Güte!" stöhnte ein anderer. „Da sind wir ja vielleicht erst heute Abend an der holländischen Grenze!"

Holland war für Luise wie ein Stichwort und sie nahm ihren Gedankengang wieder auf. Während Sonjas drittem Lehrjahr als Floristin hatte Roland ihr ein Praktikum bei einem Geschäftsfreund in Holland vermittelt und nach bestandener Abschlussprüfung war die Tochter endgültig nach Aalsmeer gezogen. Seitdem bestand zwischen Mutter und Tochter nur noch eine lockere Verbindung: Man telefonierte hin und wieder und gratulierte zu den Feiertagen. Sonjas Mann und ihre beiden Buben hatte Luise noch nie kennen gelernt. Längst hatte sie bitter bereut, dass sie der Tochter nicht in vollem

Maße die Liebe und Unterstützung gegeben hatte, die die Heranwachsende so sehr gebraucht hätte.

Auch Sonja hatte damals einen Zug in westlicher Richtung genommen, so wie sie jetzt. Es hatte ihr zwar wehgetan, aber sie war noch ganz erfüllt gewesen von ihrer Arbeit und dem Kampf um Rolands Liebe, die immer mehr zu erkalten schien. Die flammte erst wieder richtig auf, als sein alt gewordener Vater, der ehemalige Chef, einen Herzinfarkt erlitt und Fürsorge brauchte. Luise erbot sich, den Mann zu unterstützen und Roland holte sie nun ganz in sein Haus und war wieder aufmerksam und zärtlich zu ihr.

Jetzt hatte sie neben ihrer Arbeit im Betrieb, der inzwischen auf mehr als die doppelte Größe angewachsen war, auch noch den Haushalt und den ‚Schwiegervater' zu versorgen. Sie brauchte nicht mehr in den Spiegel zu schauen um zu wissen, dass ihre Kleider nur noch an ihr hingen. Manchmal wurde ihr schwarz vor den Augen oder schwindlig. Aber immer überwand sie diese Schwächen – für ihre große Liebe Roland. Und es schien ihr eine Bestätigung und Anerkennung von Seiten der Mitarbeiter zu sein, wenn sie gelegentlich als „Chefin" angeredet wurde.
Besonders sorgte sich Luise um eines der Lehrmädchen, das schwanger war. Es erinnerte sie an ihre eigene Ausbildungszeit und wie dankbar sie damals für die Hilfe ihrer Ausbilder gewesen war. Sie nahm dem Mädchen die schwere Arbeit ab und lernte zusätzlich mit ihr für die Prüfungen.

Irgendwann bat eine Kollegin, die schon lange in der Gärtnerei arbeitete und mit der Luise recht vertraulich umging, sie um ein Gespräch. „Sag mal, bist du so blind oder willst du es einfach nicht begreifen?" begann die Ältere. Luise schaute sie verständnislos an. Da fuhr die Kollegin fort: „Weißt du denn nicht, von wem die kleine Heike schwanger ist?" Als Luise noch immer nicht kapierte, wurde die andere deutlich: „Der

Kindsvater ist dein Roland! Und hast du dir mal den Jungen von der Kellnerin aus dem ‚Roseneck' angesehen? Der ist doch seinem Vater Roland wie aus dem Gesicht geschnitten? Und warum wehrt er sich gegen eine Kündigung der Schickse aus dem Büro, obwohl sie nicht viel kann? Weil sie eines ganz sicher kann, nämlich – beinahe hätte ich was gesagt. Aber stimmen tut's trotzdem. Und, und, und ... Luise, mach endlich die Augen auf! Begreife, dass du nicht mehr als eine Dienstmagd bist! Er liebt dich gar nicht und nützt dich nur schamlos aus!"

Die letzten Worte hatte die Frau fast schon geschrien und es war ihr egal, dass sich inzwischen etliche Mitarbeiter um sie versammelt hatten, die jetzt entweder nickten oder verlegen zu Boden sahen.
Luise war kreideweiß geworden. Sie spürte direkt, wie ihr das Blut aus dem Kopf nach unten sackte. Sie taumelte, ein Kollege fing sie auf, setzte sie behutsam auf einen Stuhl und stützte sie. In diesem Moment kam Roland dazu. Mit einem Blick erfasste er die Situation, sah Luise einen Moment lang mit einem kalten Blick an, drehte sich um und ging wortlos davon.

Das unbeschwerte Lachen der jungen Leute im Abteil unterbrach Luises Erinnerungen. Aus den wenigen Sätzen, die sie verstand, konnte sie entnehmen, dass man sich über jemanden lustig machte, der nicht anwesend war und an dem einiges ziemlich komisch sein musste. Ob es sich um einen Lehrer handelte? Oder einen gemeinsamen Freund?
Hoffentlich war alles nur im Spaß gemeint und ohne Häme, dachte Luise. Freundschaft ist etwas sehr kostbares, mit dem man nicht leichtfertig umgehen sollte.

Wie dankbar war sie ihrer Freundin Hanni damals nach ihrem Zusammenbruch gewesen! Die war sofort aus Dresden zu ihr gekommen und während Luise sich noch im Krankenhaus

erholen musste, hatte Hanni ihr eine vorläufige Bleibe zur Untermiete besorgt. Ein paar Kollegen hatten geholfen, Luises Eigentum sicherzustellen, so dass sie nach ihrer Entlassung aus der Klinik nicht mehr in das Haus von Roland zurückkehren musste.
Trotzdem hatte die Freundin mit ihr geschimpft: „Wo hast du nur deinen Verstand und deine Augen gehabt?" „Hier", sagte Luise kleinlaut und zeigte auf ihr Herz. Da lachte Hanni zwar wieder, meinte aber kopfschüttelnd: „Wie konntest du das nur siebzehn Jahre lang aushalten? Eines Tages wärst du daran endgültig zerbrochen."

War Luise wieder einmal knapp einer Gefahr entronnen? Es schien so, doch es dauerte lange, bis es nicht mehr so sehr wehtat, wenn sie an Roland dachte. Doch eigentlich hatte ihre Liebe nie ganz aufgehört, wie sie sich heute eingestehen musste.

Luise fand bald wieder eine eigene, wenn auch kleine Wohnung und Arbeit in der Filiale eines Gärtnerischen Großmarkts. Es dauerte kein ganzes Jahr, bis man ihr auf Grund ihrer Tüchtigkeit und ihres Könnens die Leitung einer Verkaufsstelle in der Innenstadt anvertraute.

Sie war wieder glücklich – aber sehr einsam. Ihre Kundschaft bediente sie mit einem Lächeln, sie erteilte freundlich Auskunft über Herkunft und Pflege der Pflanzen und man bestellte gerne ihre geschmackvollen Gebinde zu allen Gelegenheiten. Doch sie mied jeden engeren persönlichen Kontakt, sogar zu den Kolleginnen, und männlichen Kunden gegenüber blieb sie höflich, aber unnahbar.

Erst zu Hause, wenn es Abend wurde, wenn sie lustlos den Fernseher einschaltete oder zu einem Buch griff und sich nicht recht auf den Inhalt konzentrieren konnte, spürte sie, wie allein sie war. Hanni hatte zwar wiederholt angeboten, dass die Freundin sie jederzeit und so oft sie wollte anrufen könnte, doch Luise war sich bewusst, dass ein- oder zweimal in der Woche ausreichen mussten, um den häuslichen Frieden in Dresden nicht zu strapazieren.

Eines Abends fasste sie sich ein Herz und wählte Sonjas Telefonnummer in Aalsmeer. Sie hörte die Stimme eines Mannes, verstand aber kein Wort in der für sie fremden Sprache. Luise nannte ihren Namen und versuchte langsam und mit wenigen Worten ihr Anliegen zu erklären: Sie wollte gern mit ihrer Tochter sprechen. Darauf antwortete der Mann mit leicht akzentuiertem Deutsch: „Das ist für mich eine große Freude, dass ich mit die Mama von meine Frau spreche. Ich sage Sonja, eine Moment bitte."
Seit der Zeit telefonierten beide wieder öfter miteinander. Doch die Vertrautheit, wie sie zwischen Mutter und Tochter bestehen sollte, stellte sich noch nicht ein.

Aber alles täuschte nicht darüber hinweg, dass Luise etwas Wichtiges fehlte: Jemand, der auf sie zu Hause wartete, der nur zu ihr gehörte, der Freude und Kummer mit ihr teilte und der zärtlich sein konnte.
Vier Jahre hatte es gedauert, bis Luise endlich den wiederholten Einladungen eines Kunden nachgab. Und sie fühlte sich auch noch zu jung, um für den Rest ihres Lebens allein zu bleiben: Noch keine fünfzig war sie, hatte eine ansehnliche Figur und war auch sonst nicht hässlich. Warum also sollte sie auf das Schönste im Leben verzichten?
Martin war auch schon einmal geschieden und zahlte nur noch für den jüngsten Sohn, einen Studenten, Unterhalt. Er war aufmerksam, hatte Manieren und – er konnte zuhören!

Luise fühlte sich wieder beachtet und hoffte, einen gleichwertigen Partner gefunden zu haben: weder ein ‚Landei' noch ein ‚Studierter', sondern ein Betriebsschlosser bei der Eisenbahn. Das hieß solides Können und gutes Einkommen.

Und auch das Herz kam nicht zu kurz: Wie hatte sie sich nach Umarmungen, Küssen und Liebe gesehnt! Schon in den letzten Jahren mit Roland hatte sie sich danach verzehrt und war doch meistens nur kalt abgewiesen worden. Martin gab ihr, was sie begehrte, und sie konnte gar nicht genug bekommen. Sie fühlte sich wieder als vollwertige Frau: geachtet und geliebt!

Jetzt fuhr der Zug in einen Bahnhof ein. War es der letzte oder der vorletzte Halt vor ihrem Reiseziel? Luise versuchte sich zu orientieren. Die Lautsprecherdurchsage war zwar laut genug, aber so undeutlich, dass die Fahrgäste sich gegenseitig fragten: „Was wurde eben gesagt?" „Haben Sie etwas verstanden?" Alle schauten ratlos, doch der nette Zugbegleiter war schon wieder unterwegs und klärte auf: „Wir müssen auf Fahrgäste im Anschlusszug warten, die kommen sonst erst heute Abend weiter."
Man hatte ein Einsehen, denn schließlich war es jetzt noch nicht mal dreizehn Uhr. Einige der jungen Leute, die nach Holland wollten, maulten zwar, aber ein anderer aus der Gruppe beruhigte sie scherzhaft: „Bleibt ruhig, Leute. Die Utrechter Uni gibt es auch morgen noch. Man sollte nie etwas überstürzen!"

Wieder musste Luise seufzen: Sie hatte damals auf jeden Fall überstürzt zugesagt, als Martin sie schon nach einem knappen halben Jahr bat, seine Frau zu werden. Sie war von seiner Aufrichtigkeit fest überzeugt gewesen und seine Fürsorge und Leidenschaft taten ihr wohl.

Hannelore hatte auf die Nachricht einer baldigen Heirat der Freundin zunächst misstrauisch reagiert. Und als Luise sie dann auch noch bat, ihre Trauzeugin zu werden, antwortete sie am Telefon: „Natürlich schlage ich dir deine Bitte nicht ab, Liesel. Aber sollte ich merken, dass irgendwas faul an deinem Angebeteten ist, lasse ich die Hochzeit platzen!"

Luise wusste, dass Hannis Drohung nur ihre Sorge um die Freundin ausdrückte und nicht wirklich ernst gemeint war. Tatsächlich verlief die kleine Feier dann auch recht harmonisch und Hanni verabschiedete sich später mit den Worten: „Ich drücke dir alle Daumen, dass du endlich glücklich wirst, Liesel. Verdient hast du es längst!"

Noch heute weiß Luise keine Antwort auf die Fragen, die sie sich schon so oft gestellt hatte: Warum war alles anders geworden? Warum hatte sich Martin so sehr verändert? Was hatte sie falsch gemacht?
In den folgenden Jahren berichtete Luise ihrer Freundin kaum etwas von ihren Sorgen. Ja, sie schwindelte sogar manchmal, dass es ihr gut gehe, so sehr schämte sie sich, dass sie sich wieder einmal geirrt hatte.

Es begann damit, dass Martin wenige Wochen nach ihrer Heirat stark angetrunken von der Arbeit gekommen war: Ein Kollege hatte runden Geburtstag gefeiert. Darüber hatte Luise noch gelacht und Verständnis gezeigt. Als aber immer öfter angebliche ‚Geburtstage' und viele ähnliche Gelegenheiten stattfanden, wurde sie misstrauisch. Trotzdem dauerte es noch fast zwei Jahre, bis sie überzeugt war: Ihr Mannn war alkoholsüchtig.
Sie redete ihm zu, sich helfen zu lassen, ging sogar selbst mit ihm zur Beratungsstelle. Damals glaubte sie noch, dass sie gemeinsam den Kampf gegen die Sucht gewinnen könnten.

Eines Tages wollte Luise ihren Mann von seiner Arbeitsstelle abholen und musste zu ihrem Entsetzen erfahren, dass er bereits vier Monate vorher entlassen worden war: Oft ließ sich bei ihm zum Dienstbeginn noch Restalkohol feststellen und auch während der Arbeit war er mehrmals beim Trinken erwischt worden.
Luise war fassungslos, konnte es nicht glauben. Martin hatte ihr doch immer pünktlich seinen Lohn nach Hause gebracht!

Wovon? – In ihr stieg ein furchtbarer Verdacht auf, der sich am Schalter der Sparkasse bestätigte: Das Konto mit ihren Ersparnissen war leer! Zu Hause brauchte sie nicht lange zu suchen bis sie feststelle, dass etliche Gegenstände fehlten: Schmuck, ihre elektrische Nähmaschine, das Fahrrad und etliches andere. Zu allem wurde sie auch noch in der folgenden Zeit von Nachbarn und Bekannten angesprochen: Martin hatte sich von ihnen Geld geliehen, das er natürlich nicht zurückgezahlt hatte.

Voller Enttäuschung und Wut stellte Luise ihren Mann zur Rede, doch statt einer Antwort bekam sie einen so derben Schlag ins Gesicht, dass ihr das Blut aus der Nase schoss. Nun kamen auch noch Angst und Scham dazu und manchmal wusste sie kaum, wie sie weiterleben sollte.

Sie hatte noch immer ihr Blumengeschäft und das war ihr einziger Trost. Hier fühlte sie sich sicher, doch was sie verdiente, wurde größtenteils zur Tilgung von Schulden und für Alkohol verbraucht. Wenn sie das Geld verweigerte, schlug Martin sie. Wiederholt wurde ihr geraten, ihren Mann bei der Polizei anzuzeigen, aber sie hatte zu große Angst davor.

Und doch kam nach langer qualvoller Zeit ausgerechnet von dieser Seite die Rettung: Martin hatte im betrunkenen Zustand ein Auto gestohlen, wohl um es später zu verkaufen. Er war beobachtet worden und mit dem Wagen geflohen. Dabei hatte er einen Unfall verursacht, bei dem eine Frau schwer verletzt worden war. Martin wurde gestellt, verhaftet und später zu einer längeren Haftstrafe verurteilt. Die Scheidung der Ehe war nur eine Formsache.

Luise war wieder einer Gefahr entkommen und frei. Und wieder war es Hannelore, bei der sie sich allen Kummer von der Seele reden konnte. Eines aber stand für sie endgültig fest: Von Männern hatte sie die Nase voll. Für immer! Nie wieder wollte sie enttäuscht werden!

In ihrer Wohngegend fand sie eine Kleingartenanlage und darin einen Garten zur Pacht, in dem sie ihrem Hobby freien Lauf lassen konnte. Dass sie eine Menge davon verstand, sozusagen eine Fachfrau war, merkten die anderen Gartenbesitzer sehr schnell und holten sich oft und gerne bei ihr einen Rat. Sie trafen sich dabei häufig auf Luises Grundstück und irgendwann wurde es Gewohnheit, dass sie dort regelmäßig Erfahrungen, aber auch Pflanzen und Sämereien austauschten.

Luise stellte bald fest, dass sie gar nicht mehr einsam war: Sie hatte Freunde gefunden, wurde reihum zu den Grillabenden eingeladen und lud sich selbst Gäste ein. Einsame Stunden zum Grübeln gab es kaum noch. Besonders mit den Nachbarn Linda und Hans-Georg, einem Ehepaar in ihrem Alter, verstand sie sich prächtig. Umso mehr schmerzte es sie, als Linda plötzlich erkrankte und bald darauf verstarb.

Ebenso wie die anderen Gartenfreunde bemühte sich auch Luise, den Witwer in seiner Trauer nicht allein zu lassen. Als es im Winter draußen nichts zu tun gab, besuchte sie ihn häufig und lud ihn manchmal zu sich ein. Das Weihnachtsfest verlebten sie gemeinsam.
Im nächsten Frühjahr war Hans-Georgs Kummer kaum noch zu spüren und als man sich nach und nach wieder in den Gärten traf, blieb es nicht aus, dass hier und da eine versteckte, nicht ganz ernst gemeinte Anspielung auf das ‚neue Paar' zu hören war. Die beiden nahmen das lachend zur Kenntnis, beteuerten aber immer wieder, dass es sich um eine bloße, wenn auch tiefe Freundschaft handle.

Wirklich? Je älter Luise wurde – inzwischen war sie Rentnerin geworden – umso häufiger stellte sie sich den Rest ihres Lebens an der Seite des warmherzigen, fröhlichen Hans vor: ohne Trauschein und andere Verbindlichkeiten, dafür mit gegenseitiger Fürsorge und Achtung. Aber bevor beide auch

nur ein einziges Mal darüber sprechen konnten, erlitt der Mann einen schweren Schlaganfall, von dem er sich nicht erholte. Eine seiner Schwestern wollte den Pflegebedürftigen bei sich aufnehmen, doch ehe es dazu kam, verstarb Hans-Georg.
Danach hatte Luise nicht mehr die rechte Freude an ihrem Garten. Sie bewirtschaftete ihn zwar sorgfältig, wie sie es gewohnt war, und auch mit den anderen Nachbarn verstand sie sich weiterhin sehr gut, doch es fehlte etwas. Alles kam ihr leer und unwichtig vor.

Vielleicht war auch das ein Grund gewesen, dass sie in einem langen einsamen Winter auf die Annonce geantwortet hatte, in der nur eine Brieffreundschaft gewünscht wurde. Jetzt, ein halbes Jahr später, war sie also auf dem Weg zu einer neuen Bekanntschaft.

Langsam fuhr der Zug in ihren Zielbahnhof ein. Wo war die Reisetasche? Ach ja, und noch den weißen Seidenschal locker über den Jackenkragen gelegt, wie es verabredet war! Sie ging mit anderen Reisenden zur Tür, doch bevor sie ausstieg, riss sie sich plötzlich den Schal vom Hals und stopfte ihn eilig in ihre Handtasche!
Sie erkannte Peter H. sofort: Er trug den weißen Schal und einen Rosenstrauß in der Hand! Als sie ohne ihn anzusehen an ihm vorbei ging, stutzte er einen Moment, dann wanderte sein Blick wieder suchend den Zug entlang.
Luise folgte dem Strom der Angekommenen die Treppe hinab in die Bahnhofshalle. Dort ging sie entschlossen auf das Hinweisschild zur Fahrkartenausgabe zu und sagte zu der Dame hinter dem Schalter: „Eine Fahrkarte nach Aalsmeer, bitte!"

Alles wiederholt sich

Sie gibt es nicht gerne zu, doch an manchen Tagen legt sich Carla nachmittags ganz gerne mal ein Stündchen hin und es kommt sogar vor, dass sie dann einschläft. Dabei fühlt sie sich noch gar nicht wie kurz im dreiundsechzigsten Lebensjahr, wie sie immer wieder betont, und wer sie sieht, merkt ihr dieses Alter auch tatsächlich kaum an.
Gerade an einem Tag wie heute gesteht sie sich selbst ein: Es fällt ihr alles nicht mehr so leicht wie früher. Eben hat Schwiegersohn Florian den elfjährigen Enkel Benny bei ihr abgeholt und nun macht sie es sich wieder einmal auf der Couch bequem. Es sieht ja niemand! Ihrem Mann Peter, der noch knappe zwei Jahre bis zum Rentenalter arbeiten muss, hat sie diese neue Angewohnheit zwar gestanden, aber der hat Verständnis dafür.

Während sie sich nun ihre Kuscheldecke über die Schultern zieht, fällt ihr ein, dass sich ja für heute noch Sohn Daniel zu einem „Kurzbesuch" mit Frau und Kindern angemeldet hatte. Ob sie wieder einmal Babysitter für die fünfjährigen Zwillinge Diana und Joana sein sollte? Warum immer gerade sie? „Wer denn sonst, du Schaf!" mault sie, ist aber auch
ein bisschen stolz dabei.

Bis zur Geburt der Mädchen war sie Sekretärin in einem Zeitungsverlag gewesen, 'nebenberuflich' hatte sie aber schon immer Kinder großgezogen. Sie war als Älteste in einer kinderreichen Familie aufgewachsen und nach dem Tod der Mutter hatte sie bei den beiden jüngsten Geschwistern aus der zweiten Ehe des Vaters noch bis kurz vor ihrer eigenen Heirat geholfen, die Windeln zu wechseln. Dann kamen die Tochter Jessica und drei Jahre später Sohn Daniel zur Welt. Und als sie ihn endlich 'aus dem Gröbsten raus' hatte, wie sie meinte – wurde Jessica schwanger! Mit Siebzehn und mitten in der Ausbildung! Zum Glück hielt der Kindsvater Florian zu ihr. Es war eben doch die große Liebe zwischen beiden, die noch immer hält.

Damals hatte Jessica ihr erzählt, wie der schüchterne Medizinstudent sich so lange in dem Geschäft für Sportartikel herumgedrückt hatte, bis die hübsche Azubi endlich einmal ohne Kundschaft war. Um so länger ließ er sich dann für die Auswahl der richtigen Joggingschuhe von ihr beraten – um diese zwei Tage später zum Umtausch zurückzubringen! Angeblich passten sie in der Farbe nicht zum Laufanzug! Erst nachdem er sich in geringen Abständen das vierte Mal von ihr über Sportartikel hatte beraten lassen, die er dann nie kaufte, fand er den Mut zu einer Einladung ins Kino.

Und dann war das erste Kind unterwegs. Als Mandy zur Welt kam, wollte Jessica ihre Lehre abbrechen, aber Carla protestierte: „Das kommt überhaupt nicht in Frage!" Sie konnte in ihrer Redaktion eine Halbtagsstelle bekommen, so dass sie am Nachmittag das Kind betreute bis Jessica aus dem Geschäft kam. Und das Windeln wechseln, Baby baden, Fläschchen geben und Brei kochen beherrschte sie schließlich perfekt! Auch Florian half so gut es ging. Seine Mutter, die ihrem zweiten Mann nach Frankreich gefolgt war, konnte ja kaum etwas dazu beitragen. Zwischen beiden Familien gab es jedoch eine freundschaftliche Verbindung.

Carla behielt ihre Halbtagsstelle, die eigentlich nur kurzzeitig gedacht war, auch noch, als vier Jahre später Benny geboren wurde. Florian steckte mitten in seiner Promotion und Jessica hatte eine Stelle als Filialleiterin in Aussicht. „Ihr sucht euch aber auch immer genau die ungünstigste Zeit aus!" hatte Carla damals geschimpft. Doch ihre Tochter vertrug die 'Pille' nicht und – ach, was soll's! Und der Kleine war ja sowieso ihr

Liebling. Also begann das Windeln wechseln, Baby baden, Fläschchen geben und Brei kochen erneut!

Das ist nun schon etliche Jahre her. Mandy ist bald sechzehn und besucht das Gymnasium. Zur Oma kommt sie am liebsten, um mit ihr leckeren Kuchen für das Wochenende zu backen. Vielleicht wird ja aus diesem Hobby mal ein Beruf? Beim Kochen und Backen lässt sich auch so manches kleine Geheimnis anvertrauen oder über den ersten Liebeskummer hinwegtrösten.
Benny hält sich regelmäßig zwei bis drei mal in der Woche bei Carla auf: Die Schwimmhalle des Vereins ist nur wenige Minuten entfernt und nach dem Training wartet er bei der Oma bis sein Vater Florian ihn mit dem Auto abholen kommt. So war es auch heute.

Doch diesmal umarmte Benny sie nicht stürmisch wie sonst, sondern schien bedrückt und traurig. Dann weinte er sich seinen Kummer vom Herzen: Er hatte die Bedingungen für den Start zu den nächsten Wettkämpfen nicht geschafft! Carla nahm ihn in den Arm und während der Junge noch mit dem Schluchzen kämpfte, versuchte sie zu trösten. Als es aber an der Tür klingelte, wurde aus dem eben noch verzweifelten kleinen Jungen wieder die 'coole Socke', die seinen Vater mit einem lässigen 'Hallo, Dad!' begrüßte.

Carla muss bei der Erinnerung daran schmunzeln. Nun freut sie sich schon auf die beiden Mädchen und ihre Eltern. Sohn Daniel arbeitet wie sein Vater bei der Eisenbahn, ist aber oft unterwegs. Mit der Schwiegertochter Elisabeth versteht sich Carla ausgezeichnet, was fast ein Wunder ist. Ihre Eltern hatten sich für die einzige Tochter aus 'gutem Hause' mit einem alten Adelsnamen, die von ihnen aus naheliegenden Gründen 'Sissy' gerufen wurde, eine bessere Partie gewünscht. Aber das missratene Kind hatte seinen eigenen, störrischen Kopf. Nach der Erziehung in einem Internat und ihrer

Volljährigkeit nahm Lisa, wie sie ihren Namen selbst abkürzte, ihr Schicksal in die eigenen Hände.
Trotz geringer finanzieller Unterstützung kämpfte sie sich tapfer durch ein Studium, wurde eine gute Lehrerin und ließ sich recht weit weg von ihrer Heimatstadt eine Stelle vermitteln. Hier lernten sie und Daniel sich kennen.

Zunächst erzählte sie niemandem näheres über sich und das adlige 'von' in ihrem Namen erwähnte sie nicht. Erst für die Formalitäten zur Hochzeit musste sie alles über ihre Herkunft offenlegen. Um so mehr Anerkennung fand sie in der Familie, zu der sie nun gehörte, und die ihre Entscheidung achtete.
Peter hatte damals den Kopf geschüttelt: „Es ist kaum zu glauben, dass es in unserer modernen Zeit irgendwo noch solche Ansichten gibt!"
In Lisas Familie hatte es seit Generationen immer wieder Zwillingsgeburten gegeben und deshalb war es keine große Überraschung, als vor fünf Jahren Diana und Joana geboren wurden.
Jetzt war es für Carla selbstverständlich, dass sie für die Betreuung der Babys ihre Arbeit endgültig aufgab. Lisa sollte den so hart erkämpften und geliebten Beruf weiter ausführen können, die Oma war ja geübt im Windeln wechseln ... – wie oft hatten wir das nun schon?

Aber nun wird bald eine andere Zeit für sie und ihren Mann Peter beginnen! Die Zwillinge kommen im nächsten Jahr in die Schule, in der ihre Mama arbeitet und für Carla wird es ruhiger werden. Ja, sie sehnt sich fast danach. Es geht nicht mehr alles so flott von der Hand wie früher, Kräfte und Nerven lassen nach. Seit einiger Zeit schmieden die beiden 'Alten' auch schon Pläne. Reisen wollen sie, haben ja dafür bisher kaum Zeit gehabt. Warum nicht gleich eine Kreuzfahrt? Peter hatte die Hurtigruten vorgeschlagen, Carla gefielen mehr wärmere Gegenden, das Mittelmeer etwa.

Als die Familie bei Peters letztem Geburtstag zusammensaß, hatten Mandy und Benny geknobelt: Schnick-schnack-schnuck! Und heraus kam: Erst Hurtigruten, ein Jahr später Mittelmeer. Doch egal in welcher Reihenfolge – es wird sicher eine schöne Zeit in ihrem wohlverdienten Ruhestand.
Nur die Enkel werden ihr vielleicht fehlen! Vergessen sind aller Ärger und alle Sorgen, die es so manches Mal gegeben hatte. Vergessen sind auch Stunden voller Angst an Bettchen mit fiebernden Kindern ebenso wie Enttäuschungen über ungezogenes Verhalten. Nur das Lachen, die Freude und die vielen glücklichen Stunden mit ihnen zählen!

Die Wohnungsklingel reißt Carla aus ihren Träumereien. Ach ja, das werden Daniel und seine Familie sein! Sie geht öffnen und wird von zwei quirligen Mädchen fast umgeworfen, die lachend und aufgeregt durcheinander schnattern. Carla ruft dazwischen: „Ich verstehe kein Wort! Bitte eine nach der anderen!" Joana ruft: „Oma, Oma, wir haben ein Geheimnis, aber dir verraten wir es!" Diana funkt dazwischen: „Wir bekommen nämlich ein Brüderchen!" „Und vielleicht werden es ja auch zwei – stimmt's, Mama?" jubelt Joana und klatscht vor Freude in die Hände.

Vermisst

„Einen Moment, ich komme ja schon!" rief eine Frauenstimme aus der Wohnung. Hinter dem Türspion bewegte sich etwas, dann öffnete die alte Dame einen Spalt breit. „Nanu, Sie haben doch erst in der vergangenen Woche die Wasseruhren abgelesen, Herr Schramm. Wollen Sie heute schon wieder?" „Nein, Frau Fritzke!" schrie der ‚Wassermann' der Schwerhörigen ins Ohr. „Ich wollte zu Frau Kühne, ihrer Nachbarin. Ich hatte ihr eine Nachricht in den Briefkasten gesteckt und heute bin ich schon das dritte Mal wieder da, aber sie macht nicht auf. – Da wird doch nichts passiert sein?" „Was ist passiert?" fragte Frau Fritzke zurück. „Warten Sie mal, ich will nur mein Hörgerät holen." Sie ließ die Tür offen, als sie in die Wohnung zurückging.

Jetzt wurde die dritte Tür der ersten Etage geöffnet und vor Herrn Schramm stand ein Mann, etwa Mitte der sechzig in Unterhemd und Schlabberhosen, der mit seinem massigen Körper fast die ganze Öffnung ausfüllte. „Wer macht denn hier solchen Lärm? Wohl noch nichts von Mittagsruhe gehört", fragte er drohend. „Entschuldigen Sie bitte, Herr ..." Herr Schramm schaute an dem Riesen vorbei auf das Namensschild: „Herr Klein. Wissen Sie vielleicht, was mit der Frau Kühne sein könnte? Da öffnet nie jemand, und ich möchte doch nur den Wasserstand ablesen." Der Dicke brummte schon etwas versöhnlicher: „In diesem Haus weiß keiner so richtig vom anderen. Geht einen ja auch nichts an, was hinter fremden Türen passiert. Stimmt's, Mausi?"

Die letzten Worte waren an eine Person hinter ihm gerichtet und als er jetzt den Türrahmen ein wenig freigab, konnte Herr Schramm eine zierliche ältere Frau erkennen, zu der die

Stimme so gar nicht passen wollte als sie keifte: „Ne, nacher heests noch, dass mer neugierch sind!" Und zu ihrem Angetrauten ging der Befehl: „Un du zieh dir was richtsches an, wenn de schon im Dreppnhaus dratschn musst!", worauf der sich gehorsam in das Innere der Wohnung verzog.

Inzwischen war Frau Fritzke mit Hörgerät wieder aufgetaucht. „Nun sagen Sie das noch mal, Herr Schramm: Was ist Ihnen passiert?" „Mir nicht – die Frau Kühne ist seit mindestens einer Woche verschwunden. Da war ich nämlich das letzte Mal hier!" brüllte Herr Schramm. „Sie brauchen nicht so zu schreien!" brüllte Frau Fritzke zurück. Dann meinte sie mit weniger Lautstärke: „Aber die kann doch nicht einfach so verschwinden!"

„Bubi, komma her!" rief Frau Klein jetzt hinter sich und prompt kam der Riese wieder zum Vorschein, wobei er sich rasch noch ein kariertes Oberhemd überstreifte. „Du, hier geht's um 'ne vermisste Person!" Und plötzlich konnte sie sogar richtiges Hochdeutsch sprechen als sie erklärte: „Mein Mann war nämlich viele Jahre bei der Polizei, der kennt sich mit so was aus." „Kurierfahrer war ich, mehr nicht", stellte der Mann fest, aber die stolze Ehefrau fuhr schon fort: „Und einmal hat er sogar in einem richtigen Kriminalfilm mitgespielt." „Ja, aber da war ich bloß eine Leiche", wehrte er wieder bescheiden ab.

„Wo ist eine Leiche?" fragte nun Frau Fritzke wieder lautstark und fummelte an ihrem Hörgerät. „Nein, das ist ja furchtbar! Eine Leiche – hier in unserem Haus?" meldete sich jetzt eine halbe Treppe höher eine Stimme und über das Geländer schaute das entsetzte Gesicht einer weiteren alten Dame. Auch im Parterre war man aufmerksam geworden und von unten hörte man eine Männerstimme: „Wo soll eine Leiche sein?" Schließlich trafen sich alle vor Frau Kühnes Tür in der ersten Etage.

Herr Schramm hatte keine Lust, noch einmal Erklärungen abgeben zu müssen und mit einem: „Tschüß allerseits, ich versuche es morgen noch mal", verdrückte er sich. Es dauerte noch ein Weilchen, bis die dazugekommenen – die dünne Frau Hellmrich aus der zweiten Etage und der Frührentner Waldemar Wolters – über die Situation hinreichend informiert waren.

„Frau Kühne kann sich doch nicht einfach in Luft aufgelöst haben", stellte Frau Hellmrich fest. „Ich sage euch, da ist was Schlimmes passiert", gab ‚Mausi' Klein ihren kriminalistisch geschulten Kommentar dazu. „Aber das kommt davon, wenn sich niemand um den anderen kümmert", ergänzte sie, was ihr einen verblüfften Seitenblick von ‚Bubi' einbrachte. Die anderen nickten zustimmend, als eine junge Frau mit einem etwa fünfjährigen Jungen aus einer der oberen Etagen kam und erstaunt die ungewöhnliche Versammlung sah.
„Sie, Frau Lamprecht, haben Sie unsere Frau Kühne in den letzten Tagen mal zufällig gesehen?" wurde sie von Herrn Wolters in einem ungewohnt freundlichen Ton gefragt. Und auch die Bezeichnung ‚unsere' ließ Frau Lamprecht stutzen. Dann antwortete sie: „Das letzte Mal, glaube ich, vor fast zwei Wochen, am ersten des Monats. Ja, es war vor der Sparkasse. Sie kam heraus und hatte wohl ihre Rente abgeholt."

Die anderen warfen sich bedeutungsvolle Blicke zu. „Mama, schimpft der Herr Wolters heute gar nicht mit mir?" fragte der Kleine. „Ach, wo werd ich denn!" beeilte sich der zu versichern. „Du darfst dein Fahrrad ruhig im Keller bei den großen Rädern abstellen. Das Hinterrad hat übrigens wenig Luft drauf, ich werde es dir mal aufpumpen." Frau Lamprecht kam aus dem Staunen nicht mehr heraus, hatte aber wohl keine Zeit für Fragen und verabschiedete sich mit einem: „Schönen Tag noch allen zusammen."

Man wartete, bis sich die Haustür hinter ihr geschlossen hatte, dann brach ein Stimmengewirr los. „Da haben wir's!" „Es wird ja immer wieder gewarnt!" „Die arme Frau Kühne – Opfer eines Überfalls!" „Vielleicht sogar Raubmord, sonst würde sie ja irgendwo zu sehen sein!"
Frau Fritzke hatte trotz Hörgerät wieder nur die Hälfte mitbekommen, doch bei ‚Raubmord' war sie zusammengezuckt und nun stellte sie eine Frage, die die anderen für einen Moment verstummen ließ: „Und wer ist der Mörder?"

Frau Hellmrich tat geheimnisvoll: „Hatte die Frau Kühne nicht eine Haushaltshilfe? Die kam doch jede Woche einmal und manchmal war ihr halbwüchsiger Sohn dabei, der war tätowiert und hatte Ohrringe. Ich hab die beiden zwar nur ein paar Mal gesehen, aber das hat gereicht!" „Oder es war der Bärtige", wusste Waldemar Wolter jetzt. „Der hat sie in der letzten Zeit zwei oder dreimal besucht. Ihr Sohn kann es nicht gewesen sein, der ist viel jünger und trägt keinen Vollbart."
„Vielleicht war das der neue Freund von der Frau Kühne", witzelte Kurt Klein, was ihm einen Rippenstoß mit dem Ellenbogen von seiner Eheliebsten einbrachte. „Oder sie hatte Hausbesuch von einem Arzt", meinte Frau Fritzke, die sich jetzt kein Wort mehr entgehen ließ. „Ich glaube, der Doktor Keller in der Heinestraße hat so einen Bart."

Jetzt kam Axel Reimann nach Hause, der Student aus der sechsten Etage. „Nanu?" staunte er. „Lasst mich raten: Jemand hat einen Sechser im Lotto – oder es ist eingebrochen worden." „Sag mal, Axel", begann Frau Klein so betont harmlos, dass es schon wieder auffällig klang: „warst du nicht manchmal an der Tür von der Frau Kühne?" Und dann fügte sie schnell hinzu: „Du kannst es nicht leugnen. Ich habe dich durch unseren Türspion gegenüber beobachtet!" Axel lachte: „Sie lesen wohl zu viele Krimis? – Na sicher war ich an ihrer Tür, oder hätte ich etwa ihre Einkaufstaschen mit zu mir nach oben schleppen sollen?" Das ging sogar Herrn Klein zu weit und er entschuldigte sich für seine Frau: „Vergiss es, Axel. Aber wir machen uns ernsthaft Sorgen um Frau Kühne. Die ist nämlich seit ungefähr zwei Wochen nicht mehr gesehen worden." „Dann geben Sie doch eine Vermisstenanzeige bei der Polizei auf", meinte Axel und stieg kopfschüttelnd die Treppe weiter nach oben.

Die Polizei! Natürlich, die Polizei musste eingeschaltet werden! „Also, mir ist der Weg zu beschwerlich bis zum Revier", entschuldigte sich Frau Hellmrich schon mal vorsichtshalber. „Wer ruft an?" fragte Herr Wolters in die Runde und Rita Klein ordnete an: „Bubi, nimm mal das Handy und ruf die Eins-Eins-Null", worauf der wieder gehorsam verschwand. „Und sage, dass Frau Kühne tot in ihrer Wohnung liegen könnte!" rief sie ihm noch nach.

Während Kurt Klein telefonierte, waren die anderen eifrig bemüht, weitere Tatverdächtige zu finden. Aber schnell stellte sich heraus, dass sie nur die wenigsten Leute im Haus kannten und sogar die Anwesenden selbst wussten voneinander kaum mehr als die Namen. „Bei mir unten wohnt nur noch die Frau Karsten mit ihren zwei Bälgern. Mit ihren Kindern, meine ich. Erst darüber gibt es ja drei Wohnungen pro Etage", sagte Herr Wolters. In der ersten Etage standen sie, da waren die Bewohner also klar. Darüber ...

„Die Polizei ist unterwegs, der nächste Streifenwagen kommt gleich", unterbrach Herr Klein. Dann beteiligte er sich an der Aufzählung der Mitbewohner. Frau Hellmrich aus der zweiten Etage kannte nur ihre unmittelbaren Nachbarn flüchtig: ein junges Ehepaar. Und sie wusste, dass über ihr ein allein lebender alter Herr wohnte, von dem sie manchmal tagelang nichts hörte.

Axel, der Student wohnte in einer WG ganz oben. Man kannte ihn nur, weil es dort ab und zu mal lauter zuging als erwünscht.
Frau Lamprecht war eigentlich nur mit Herrn Wolters näher bekannt, der Kinder wohl nicht besonders mochte und als störend empfand. Jedenfalls bis heute.

Betroffen stellten alle fest, dass von den insgesamt siebzehn Mietparteien neun so gut wie unbekannt waren, dass es sich aber dem Ansehen nach häufig um ältere Menschen handeln musste. „Wie schnell kann da mal was passieren – und keiner merkt es!" Frau Hellmrich sprach aus, was alle dachten. „Man sollte sich mehr kümmern", meinte Rita Klein.

Alle verstummten und warteten gespannt, als vor der Haustür ein Wagen mit Sondersignal hielt und gleich danach zwei Polizisten die Treppe herauf kamen.
„Guten Tag, Polizeihauptmeister Ludwig", stellte sich einer der Uniformierten vor und indem er auf die andere Person wies: „Das ist meine Kollegin Polizeioberwachtmeisterin Mittler. Was gibt es für ein Problem?" „Die Frau Kühne ist vor ungefähr vierzehn Tagen das letzte Mal gesehen worden. Wir befürchten das Schlimmste!" meldete sich Herr Wolters zu Wort. „Sind Sie hier der Hausmeister?" fragte der Polizist. Rita Klein konnte es sich nicht verkneifen: „Nee, aber er tut immer so!"
„Sie müssen die Wohnung aufbrechen, die Frau liegt vielleicht tot da drin!" verlangte Frau Fritzke aufgeregt.

Der Polizeihauptmeister versuchte es anders: „Wer von ihnen hat uns informiert?" und als sich Herr Klein meldete, fragte er, indem er auf dessen offen stehende Wohnungstür wies: „Können wir uns drinnen weiter unterhalten?" Das Ehepaar Klein verschwand mit ihm in der Wohnung, während seine Kollegin die anderen anwesenden Bewohner befragte und ihre Personalien notierte.

Wieder hörte man, dass die Haustür geöffnet wurde und Schritte langsam die Treppe hoch kamen. „Der Bärtige!" schrie Herr Wolters auf und zeigte mit dem Finger auf einen Mann mit Vollbart, der eine große Reisetasche schleppte. Hinter ihm folgte langsam Frau Kühne. Sie lachte und meinte: „Siehst du, Harry, mit dem Bart erkennt dich kein Mensch!" Und den sprachlosen Leuten auf dem Treppenabsatz erklärte sie: „Mein Junge ist Schauspieler und den Bart musste er sich für seine neue Rolle wachsen lassen.
Er hat mich mitgenommen zum Drehort auf einer griechischen Insel – Ach, es war herrlich!"

Am Fluss

Die wenigen Trauergäste hatten sich nach ein paar tröstenden Worten bereits zerstreut, manche hatten dem Jungen auch die Hand gegeben oder ihm aufmunternd auf die Schulter geklopft. Jetzt stand er nur noch mit dem Bürgermeister der Gemeinde allein am Grab seiner Mutter. Der Mann hatte einen Arm um die Schulter des Sechzehnjährigen gelegt und wartete geduldig.
Heiner hatte während der ganzen Zeremonie keine Träne vergossen, nun seufzte er noch einmal tief auf und wendete sich von dem offenen Grab ab. Schweigend verließen beide den Friedhof.
Erst vor dem niedrigen ehemaligen Gesindehaus, das fast am Ortsausgang stand und dessen eine Hälfte Heiner nun allein bewohnen würde, fragte der Ältere: „Soll ich noch mit hinein kommen?" und als der Junge langsam den Kopf schüttelte, verabschiedete er sich von ihm: „Komm morgen zu mir, dann reden wir über alles, ja?"

Es dämmerte bereits und Heiner saß noch immer am Küchentisch, den Kopf auf die verschränkten Arme gelegt. Man hätte meinen können, er wäre eingeschlafen, doch er dachte nach. Und er hatte viel, sehr viel nachzudenken! Vor allem versuchte er zu verstehen, was alles geschehen war.
Seine Mutter war vor zwölf Jahren heimgekehrt, nachdem sie vergeblich versucht hatte, in den Wirren nach dem Ende des Krieges in der Stadt das Glück zu finden. Als sie weglief, war sie noch sehr jung gewesen, hatte den Kopf voller Hoffnungen und Träume gehabt. Nun brachte sie ihn, ein vierjähriges Kind mit, Vater unbekannt. Der Großmutter hatte der Krieg den Mann und zwei Söhne genommen. Die verhärmte Frau nahm ihre einzige Tochter wieder auf ohne Fragen zu stellen.

Um die Erziehung ihres Enkels kümmerte sich die Großmutter kaum. Sie besorgte den Haushalt, kochte, wusch und jammerte ansonsten unaufhörlich über ihr Schicksal. Dem Jungen ließ sie alles durchgehen und kam er mal mit einer blutenden Schramme oder einer anderen Blessur vom Spielen heim, versorgte sie die Wunde und brummte dabei: „Hör auf zu heulen, es gibt Schlimmeres!"

Ob sie Heiner jemals geliebt hat? Er machte es schließlich niemandem leicht, ihn zu mögen. Schon sein Äußeres war wenig ansprechend: Er war zu dünn und zu groß und auch in späteren Jahren blieben Arme und Beine immer ein wenig zu lang, was seinen Bewegungen etwas Linkisches gab. In dem großen länglichen Kopf mit der flachen Stirn und den schwarzen, meist ungekämmten Haaren, die von der Großmutter hin und wieder mit der Küchenschere gestutzt wurden, standen die dunklen Augen zu eng beisammen und die schmalen Lippen hielt er so zusammengepresst, dass man sich vor seiner Miene hätte fürchten können.

Die Mutter fand in der Gemeinde eine Arbeit als Putzfrau: Sie reinigte in der Landarztpraxis die Fußböden, putzte die Fenster und erledigte allerlei Besorgungen. So konnte sie zu dem kargen Haushaltsgeld der kleinen Familie beisteuern.
Diese Anstellung hatte sie allerdings nur bekommen, weil sie und der Doktor – wie viele Einwohner der Gemeinde – irgendwie miteinander verwandt waren und auch der Bürgermeister war ein Neffe von Heiners Großvater.

Der Arzt hatte aber auch noch einen anderen Grund, die junge Frau in seiner Nähe haben zu wollen: Sie hatte außer dem kleinen Sohn auch die Sucht nach Alkohol mitgebracht. Diese „Familienschande" konnte er mit Medikamenten wenigstens etwas mildern, doch trotzdem lag Heiners Mutter manchmal tagelang wimmernd im Bett und tyrannisierte die Großmutter, bis diese endlich wieder in die nahe Kreisstadt fuhr, um

Schnaps zu besorgen. Anfangs verstreute die alte Frau noch aus Scham das Gerücht, die Tochter hätte ein Nervenleiden als Kriegsfolge, doch die Nachbarn durchschauten die Lüge schnell und bald hieß ihr Heim bei allen das „Säuferhaus".

Als Heiner etwas verständiger wurde und die Bedeutung der Schmähungen verstand, die ihm auf der Straße und in der Schule nachgerufen wurden, versuchte er sich mit allen Mitteln zu wehren. Er prügelte sich mit jedem Schuljungen ganz gleich, ob älter oder jünger, der ihn oder seine Familie beschimpfte. Er schlug, kratzte und biss um sich und verschonte auch Mädchen nicht. Erwachsene, die ihm Übles nachredeten oder ihn Bastard nannten, hatten hinterher mindestens eine eingeworfene Fensterscheibe, wenn nicht Schlimmeres, zu beklagen.
Es war also kein Wunder, dass Heiner bald als wild, unerzogen und für andere Kinder als gefährlich bekannt war und jeder Umgang mit ihm untersagt wurde.

Die ständigen Klagen und Beschwerden der Nachbarn über ihren missratenen Bengel hörte sich die Mutter meist überhaupt nicht an und oft war sie auf Grund ihres Zustandes auch gar nicht dazu in der Lage. Vorhaltungen zeigten keine Wirkung, Schläge machten den Jungen nur noch wilder.
Als Heiner knapp neun Jahre alt war, beobachtete seine Mutter einmal zufällig, wie er ängstlich einem Mann mit seinem angeleinten Hund aus dem Wege ging und nun glaubte sie, das Mittel gefunden zu haben, das den Übeltäter zur Räson bringen sollte!
Unter dem Vorwand, mit ihm spazieren gehen zu wollen, nahm sie Heiner fest bei der Hand und ging mit ihm zu den Häusern in der neuen Siedlung. Dort waren in den eingezäunten Hausgärten häufig Hunde zu finden. Vor einem bestimmten Grundstück blieb die wieder einmal ziemlich betrunkene Frau stehen, drückte die Hände des Kindes gegen den Maschendrahtzaun, hielt sie ganz fest und hetzte einen

großen, gefährlich aussehenden schwarzen Hund mit den Worten: „Hier, fass den bösen Jungen! Friss ihn auf, beiß ihn!"

Je länger sie den Hund anstachelte, um so wütender bellte der und sprang gegen den Zaun. Dabei verletzte er mit seinen Tatzen die Hände des Jungen erheblich. Noch nie in seinem Leben und auch nie wieder danach hatte Heiner in Todesangst so laut geschrien!
Der Lärm rief den Besitzer des Hundes herbei, der dem grässlichen Treiben ein Ende setzte und seinen Hund zurück rief. Nun war es die Mutter, die Vorwürfe und Schelte bekam und auch Passanten und Anwohner mischten sich ein. Sie wurde Rabenmutter geschimpft, der man das Kind wegnehmen müsse und ein Mann erbot sich, die Polizei zu benachrichtigen.
Endlich warf einer der Umstehenden einen Blick auf Heiner, der sich entsetzt seine blutenden Hände ansah und langsam zu Boden sank. „Schnell, holt den Doktor!" rief eine Frau, aber ein Mann nahm das Kind schon auf seine Arme und rannte mit ihm los.

Einige Wochen musste Heiner mit dick verbundenen Händen in die Schule gehen, wo er von seinen Kameraden fast wie ein Held bewundert wurde. Prügeln konnte er sich jetzt vorläufig nicht, aber es beschimpfte ihn auch niemand mehr. Die Angst vor Hunden hatte sich jedoch nun bei ihm erst recht festgesetzt und er wurde sie sein Leben lang nicht mehr los. Wenn beim geringsten Ungehorsam Großmutter oder Mutter nur mit einem Hund drohten oder ein Bellen nachahmten, begann sein Herz heftig zu schlagen, auch wenn er wusste, dass kein Tier in der Nähe war. Aus dem einstigen Wildling wurde allmählich ein stiller, fast ängstlicher Junge.

Seine Mutter wurde von den Mitbewohnern dank der Fürsprache des Doktors, der ihr eine echte Krankheit bescheinigte, nicht angezeigt. Fast schien es, als sei der Vorfall ein heilsamer Schock für sie gewesen, denn sie rührte lange keine Schnapsflasche mehr an. Aber nach einigen Monaten nahm Heiner in der Küche erneut den verhassten Geruch wahr und es dauerte nur kurze Zeit, bis er die Mutter in der Arztpraxis wieder als 'krank' entschuldigen musste.

In der Schule fiel Heiner erneut auf, nun aber nicht mehr durch Ungehorsam, sondern durch seine Begabungen. Ein Lehrer entdeckte sein Talent für die Mathematik und auch im Schreiben und Lesen war er seinen Mitschülern bald voraus. Ihm fiel das Lernen leicht und nun, da er nur noch selten Hänseleien zu ertragen hatte, fand er sogar Gefallen daran. Über seine Misserfolge im Sportunterricht, für die er wegen seiner schlaksigen Gestalt bekannt war, sahen die Lehrer großzügig hinweg und auf seinen Zeugnissen war hinter diesem Schulfach stets ein kleiner verschämter Strich zu finden.
Bei den anderen Jungen wurde Heiner bald beliebt, ließ er sie doch manchmal gegen ein kleines Entgelt oder ein Geschenk von seinen Hausaufgaben abschreiben. Diese Zuwendungen hatte er auch bitter nötig, denn der Hunger plagte ihn oft und vor allem dann, wenn das wenige vorhandene Geld wieder einmal für Alkohol ausgegeben war.

Nun nahmen die Jungen Heiner auch mit, wenn sie sich nach der Schule am Ufer des Flusses trafen, der unweit der Gemeinde durch einen kleinen Auenwald floss. Um an das Wasser zu gelangen, mussten sie entweder auf dem breiten Fußweg, der parallel zum Fluss verlief, ein ziemliches Stück flussab laufen oder sich durch das Dickicht und Gestrüpp kämpfen.
Natürlich kam für die Draufgänger nur letzteres in Frage und obwohl hier das Baden auf das Strengste verboten und eigentlich auch gar nicht möglich war, bedeutete das für sie kein Hindernis: An den überhängenden starken Ästen eines Baumes wurden die bis dahin vorsorglich in den Büschen

versteckten Seile befestigt, die dann bis in das kühlende Nass herab reichten. An ihnen konnten sie entweder hinunter klettern oder sich nach einem kräftigen Abstoß vom Baum wie mit einer Schaukel durch das Wasser schwingen. Wichtig, ja, sogar lebenswichtig war dabei allerdings, dass man das Seil in keinem Fall losließ, denn die Strömung des so harmlos scheinenden Gewässers war doch beträchtlich und es gab kaum eine Möglichkeit, vom Wasser aus mit eigener Kraft das dicht bewachsene Ufer zu erreichen. Da die Jungen Heiners Unsportlichkeit kannten, banden sie ihm das Ende eines extra langen Seiles unter den Armen zu einer Schlinge und ließen ihn herab, um ihn zwei- oder dreimal zu 'titschen'.
Als auch die anderen diese Erfindung einmal ausprobiert hatten, waren sie davon derart begeistert, dass sie von nun an nur noch vom 'Titschen gehen' sprachen und geheimnisvoll grinsten, wenn die Erwachsenen sie nach der Bedeutung fragten.

Dieses Vergnügen fand allerdings bald ein jähes Ende. Als einmal der achtjährige Gerhard sich vor Übermut beim 'Titschen' wie toll gebärdete, rutschte dem Jungen, der ihn vom überhängenden Baum aus festhalten sollte, das nasse Seil aus der Hand und Gerhard wurde sofort einige Meter abgetrieben. Zum Glück verfing sich das Ende des Seils im Gestrüpp, so dass der Junge sich dort für eine Weile festhalten konnte. Doch die Strömung zerrte an ihm und er schrie jämmerlich um Hilfe.

Während die anderen vor Angst und Schrecken durcheinander liefen, bewahrte Heiner einen kühlen Kopf. Sie besaßen für ihre Spiele insgesamt vier Seile, drei davon waren also noch vorhanden. Die knotete Heiner zusammen und band sich ein Ende um das rechte Fußgelenk. Dann wies er die übrigen Jungen an, ihn kopfüber ins Wasser zu lassen und um Himmels willen nicht loszulassen! Wenn er es ihnen zurufen würde, sollten sie ihn zurückziehen.

Heiner ließ sich im Fluss auf Gerhard zutreiben, der ihn mit entsetzt aufgerissenen Augen erwartete. Er redete ruhig auf ihn ein, löste dessen Seilende vom Strauch und zog den Jungen zu sich heran. Nachdem er ihn fest in seinen Armen hatte, gab er das Zeichen. Mit vereinter Kraft gelang es, beide ans Ufer zu ziehen und schließlich aus dem Gefahrenbereich zu bringen. Erst hier wurden sich alle wirklich bewusst, welches Unglück beinahe geschehen wäre und keiner der 'Helden' schämte sich seiner Tränen.

Endlich dachten sie auch mit Grausen daran, welche Strafen sie zu Hause im Falle der Entdeckung ihres Leichtsinns erwarten würden. Sie gelobten sich gegenseitig Stillschweigen und haben es bis zum heutigen Tag gehalten. Dafür waren sie jetzt eine wahrhaft 'eingeschworene' Gemeinschaft, Heiner war ihr Held und Gerhard wurde dessen bester Freund.

Als Heiner die Grundschule mit ausgezeichneten Noten beendet hatte, – der übliche kleine Strich hinter dem Fach Turnen zählte nicht, – erschien sein Klassenlehrer eines Tages im Gesindehaus. Als Hilfe für sein Anliegen hatte er seinen 'Vetter', den Bürgermeister, mitgebracht. Gemeinsam wollten sie die beiden Frauen dazu überreden, den Jungen künftig im Gymnasium der Kreisstadt lernen zu lassen. Im Gemeinderat war bereits beschlossen worden, in diesem Fall die Kosten für Fahrgeld und Bücher aus der Gemeindekasse zu stiften.

Als die Großmutter erfuhr, dass sie dafür nicht finanziell aufzukommen brauchte, brummte sie nur: „Meinetwegen", und ging wieder ihrer häuslichen Beschäftigung nach. Der Form halber wurde auch die Mutter befragt, die den Männern mit schwerer Zunge antwortete: „Macht mit ihm, was ihr wollt."

In Großmutters Schuppen hatte Heiner die Reste eines alten Fahrrades entdeckt. Irgendwie schaffte er es, daraus wieder ein fahrbares Gestell zu konstruieren. Mit diesem Vehikel fuhr er nun an jedem Schultag zur Bushaltestelle am anderen Ende des Ortes, wo er es im Hof einer Bäckerei unterstellen durfte. Wenn er dann im Bus saß, der ihn in die Stadt brachte, kam er sich schon fast erwachsen vor.

Ein Wermutstropfen war aber doch dabei: Nun blieb Heiner viel weniger Zeit, die er mit Gerhard und den anderen Jungen verbringen konnte. Gerhards Familie bewohnte eines der Häuser in der neuen Siedlung, die er noch in schrecklicher Erinnerung hatte. Doch sie besaß zum Glück keinen Hund und der Dobermann des Nachbarn war ein friedliches Tier, das jeden Menschen mit einem freundlichen Schwanzwedeln begrüßte.
Der Freund hatte seine Eltern überreden können, Heiner ab und zu am Wochenende zum Mittagessen einzuladen und Gerhards Mutter änderte auf seinen Wunsch sogar eine noch brauchbare lange Hose ihres Mannes um, damit der 'Gymnasiast' sich nicht mit seinen kurzen Hosen vor den Kameraden zu schämen brauchte.

Als Grund für seine Dankbarkeit erklärte Gerhard seinen Eltern, dass er den Freund als Nachhilfe für seine mäßigen Leistungen in der Schule bräuchte. Tatsächlich kam Heiner häufig, um ihm bei der Erledigung der Hausaufgaben zu helfen – und um so schneller konnten sie sich danach mit den anderen treffen. Im Sommer gingen die Jungen auch weiterhin an den Fluss, doch jetzt nahmen sie den weiteren Weg bis zu einer unbewachsenen Uferstelle in Kauf. Hier war auch die Strömung weniger heftig und das Baden nicht so gefährlich. Den riskanten Vorfall von damals erwähnte aber wie auf eine stille Verabredung hin keiner mehr.

In Gerhards Elternhaus lernte Heiner dessen Schwester Annemarie kennen, die Anni gerufen wurde. Er konnte sich erinnern, dass die drei Jahre Ältere früher zu den wenigen gehört hatte, die ihm keine bösen Worte nachgerufen hatten. Trotzdem ging er ihr so gut es ging aus dem Weg und beim

gemeinsamen Essen sah er sie kaum an. Einesteils resultierte dieses Benehmen aus der natürlichen Schüchternheit des Heranwachsenen, größtenteils aber trugen die wenig positiven Erfahrungen mit den beiden Frauen in seiner eigenen Familie dazu bei, dass er weiblichen Personen gegenüber äußerst zurückhaltend blieb.
Erst als auch Anni jeden Morgen den Bus in die Kreisstadt benutzte, wo sie zur Kindergärtnerin ausgebildet wurde, wechselten sie hin und wieder ein Wort miteinander und manchmal hatte Anni ihm etwas vom Bruder auszurichten. Heiner stellte bald fest, dass ihr Lächeln hübsch und ihre Stimme warm und freundlich waren.

Unter den Mitschülern im Gymnasium war Heiner zwar nicht mehr der Klassenerste, doch hielt er sich tapfer unter den Besten. Das war vor allem seinem Fleiß zu danken, denn wenn er an jedem Monatsende im Gemeindeamt seine 'Spende' abholen durfte, erhielt er noch gratis jede Menge gute Ratschläge und Ermahnungen dazu. Er hätte sich geschämt, wenn er durch eigenes Verschulden versagt hätte und vor allem den Bürgermeister, der ihm manchmal noch etwas nebenbei zusteckte, wollte er nicht enttäuschen.
Wie seine Laufbahn nach dem Abitur weitergehen würde, darüber machte er sich noch keine Gedanken. Er hatte bis dahin noch drei lange Jahre vor sich, als die Großmutter ernstlich erkrankte.

Nun folgte ein Unglück auf das andere: Die alte Frau verstarb nach einem kurzen, aber heftigen Lungenleiden und wurde auf Gemeindekosten beigesetzt. Danach wurde die Mutter einem zuständigen Arzt in der Kreisstadt vorgestellt, der sie als Folge langjähriger Alkoholsucht für geistig und nervlich krank erklärte und ihre Einweisung in eine psychiatrische Klinik beantragte. Daraufhin wurde sie von der zuständigen Behörde am Landesgericht entmündigt und der Bürgermeister als Vormund für den noch minderjährigen Heiner eingesetzt.

Heiner erlebte all diese Ereignisse wie in einem bösen Traum. Gewiss hatte er bei den beiden Frauen nicht die wirkliche Liebe erhalten, die ein Kind braucht, doch sie waren seine Familie, zu der er gehörte. Was sollte nun werden, wenn ihm auch noch die Mutter genommen würde?
Eines Abends hörte er die Mutter in ihrem Zimmer laut weinen und nach ihm rufen. Das war keine neue Erfahrung für ihn, denn meist war dies ein Zeichen, dass sie unter Entzug litt und nach Alkohol verlangte. Doch diesmal klang ihre Stimme so verzweifelt, dass Heiner erschrak. Er fand die Mutter im Sessel sitzend mit einem Brief in der Hand. Ein Blick genügte ihm und er wusste, dass sie den Bescheid für die Klinik bekommen hatte.

Noch lange bis in die Nacht saß Heiner zu den Füßen der Mutter auf dem Boden, den Kopf an ihre Knie gelehnt und weinte wie sie. Noch nie waren sich Mutter und Sohn so nahe gekommen wie jetzt in ihrem Schmerz. Die Frau strich ihm immer wieder über das Haar und murmelte dabei vor sich hin. Zuerst glaubte Heiner, dass sie betete, dann verstand er halbe Sätze wie: „Das ist meine Strafe für ...", „... war dir keine gute Mutter ...", „mein armes Kind", und er begriff, dass sie mit sich selbst abrechnete, sich selber anklagte und bereute, was sie doch nicht hätte ändern können.

Endlich verstummte sie und nach eine Weile sagte sie seltsam gefasst mit klarer und ungewohnt warmer Stimme: „Geh jetzt schlafen, mein Junge. Der Morgen wird die Erlösung bringen."
Heiner verstand die Worte nicht recht und verließ die Mutter nur ungern. Als er am anderen Tag erwachte, war sie fort. Vier Tage später fand man ihre Leiche einige Kilometer flussabwärts.

* * *

Als Heiner anderntags seinen Vormund aufsuchte, ahnte er bereits das Ergebnis der Unterredung. Mit eindringlichen Worten versuchte der Bürgermeister ihm seine Zukunft zu schildern. „Wenn du es unbedingt möchtest, werden wir auch weiterhin deinen Unterricht bezahlen, doch zum Leben bleibt dir nur eine Waisenrente, und auch die nur bis zu deiner Volljährigkeit. Was soll dann werden? Ohne Beruf, ohne eigenes Einkommen ...".

Natürlich wusste Heiner, was er zu tun hatte, und er fragte rundheraus: „Weißt du irgendeine Arbeit für mich, Onkel?" Erleichtert und als hätte er nur darauf gewartet, schlug der dem Jungen vor, sich in der Poststelle zu melden, die für ihre und zwei weitere Gemeinden zuständig war und in der zur Zeit drei Personen arbeiteten. „Du weißt doch", redete er auf ihn ein, „der alte Justus wartet schon lange auf einen Nachfolger wenn er pensioniert wird. - Und stell dir nur vor: du verdienst von Anfang an Geld und kannst später sogar einmal Beamter werden!"

Nach dem, was alles in der letzten Zeit auf ihn eingestürmt war, brauchte niemand Heiner lange zu überzeugen. Er nahm die Stelle dankbar und ohne Nachdenken an und durfte sich mit Beginn des neuen Monats Postzusteller nennen.
Beim nächsten Besuch in Gerhards Familie meinte er ironisch: „Andere werden vom Tellerwäscher zum Millionär – und ich avanciere vom hoffnungsvollen Studenten zum Briefträger!"
„Das ist doch ein ehrenwerter Beruf!", versuchte Anni ihn zu trösten, worauf Heiner meinte: „Das hätte meine Großmutter noch viel besser gesagt," und er ahmte deren Stimme nach: „Hör auf zu heulen, es gibt Schlimmeres!" Darüber musste Anni laut lachen – und dieses helle, unbeschwerte Lachen traf Heiner wie ein warmer Sonnenstrahl ins Herz und blieb dort für immer haften. 'Was für hübsche Augen sie hat', stellte er mit einem Mal fest.

Was Heiner bei seiner Berufswahl nicht bedacht hatte, waren die natürlichen Gegner der Postboten: die Hunde. Justus nahm seinen neuen Kollegen gleich am ersten Arbeitstag mit 'auf die Runde' und gab ihm nützliche Tipps.
Damals war es noch üblich, dass die Post bis zur Haustür gebracht oder erst dort in den Briefkasten gesteckt wurde. Es dauerte auch gar nicht lange bis sie zu einem Gartentor kamen, hinter dem ein zwar kleiner, aber scheinbar recht wütender Mischlingshund wie verrückt kläffte. Justus klingelte und nach dem Ertönen des Summers stieß er rasch das Tor auf und lief mit schnellen Schritten auf das Haus zu. Dabei nahm er etwas aus seiner Hosentasche und warf es weit von sich. Der Kläffer stürzte sich gierig darauf und hatte es im Nu verschluckt.

Heiner war Justus gefolgt, doch nun kam der Hund zu ihm und sprang bellend an ihm hoch. Vor Schreck wie erstarrt wagte der Junge sich nicht zu rühren und schrie nach Justus. Der kam schnell zu ihm zurück, warf noch einmal etwas ins Gras, worauf der Hund von Heiner abließ, und zog ihn auf die Straße hinter den schützenden Zaun.
Kreideweiß im Gesicht und zitternd stammelte Heiner: „Das kann ich nicht, das schaffe ich nie!" Aber Justus lachte gutmütig: „So ist es mir am Anfang auch gegangen, daran gewöhnst du dich! Du darfst nur nicht vergessen, in den Hosentaschen immer genug Leckerli zu haben!"

Tatsächlich gelang es Heiner bald, sich die Hunde auf diese Art fernzuhalten, und seine langen Beine waren ihm nun, wenn es nötig war, von Nutzen. Für seine täglichen Runden im Ort und in den beiden Nachbargemeinden stellte ihm die Post ein nagelneues Fahrrad zur Verfügung, worauf er sehr stolz war, und bald gefiel Heiner die Arbeit sogar: Er wurde überall freundlich gegrüßt und ab und zu bekam er sogar einen kleinen 'Botenlohn' zugesteckt. Regenwetter und aufgeweichte Wege nahm er gleichmütig in Kauf und als der Winter sich in diesem Jahr von einer seiner grimmigsten Seiten zeigte, lachte er darüber: „Mich kriegt keiner unter! Ich schaffe alles!"

Der Verlust seiner 'Familie' schmerzte bald kaum noch, er fühlte sich jung, stark und – vor allem – frei von allem Kummer, den er in seinem jungen Leben schon hatte erfahren müssen. Sein Vormund half ihm bei der Einrichtung eines gemütlichen Zimmers, das er bei einer älteren, alleinstehenden Dame zur Untermiete bewohnte, denn in der alten Kate hatte er nicht bleiben wollen.
Oft traf er sich noch mit den Freunden, doch wenn er abends allein war, ging er meist seiner Lieblingsbeschäftigung nach: Er las gerne und viel, vor allem von Reisen und Abenteuern, in die er sich hinein träumte. Seine Wirtin lieh ihm bereitwillig aus ihrer umfangreichen Bibliothek, aber das genügte ihm bald nicht mehr.

Heiner hatte noch nie eine Arbeit nur halb gemacht, das lag ihm nicht, und außerdem vermisste er das Lernen. Von seinen Kollegen besorgte er sich Fachbücher und studierte alles, was er über das Postwesen erfahren konnte. Er hatte sich fest vorgenommen, einmal mehr als nur ein Postbote zu sein! Doch bis dahin würde er noch viele, viele Kilometer auf seinem Rad zurücklegen müssen!

Besonders gern fuhr Heiner in die neue Siedlung, obwohl dort die meisten Hunde lebten. Hatte er einmal für die Bewohner des Hauses Nummer vierundzwanzig – Gerhards Familie – keine Post dabei, so hielt er sich trotzdem verdächtig lange in dessen Nähe auf und stieg auch mal vom Rad, an dem er dann irgend etwas zu werkeln hatte. Wenn er Glück hatte, tauchte irgendwo ein blonder Mädchenkopf auf oder er hörte das helle Lachen, das ihn so erwärmte.

Es war an einem der schönsten Sommertage, als ihm das Glück besonders hold zu sein schien: Kaum hatte er das

Nachbargrundstück Neue Siedlung Nummer dreiundzwanzig betreten, dessen Bewohner er einen Einschreibebrief zustellen sollte, bemerkte er Anni, die im Nachbargarten Wäsche auf die Leine hängte. Wie gebannt starrte er hinüber und ließ sich von dem Anblick und den Bewegungen des schlanken Mädchenkörpers fesseln.
Er achtete nicht auf das mahnende Stupsen und Knurren des Labradors, bis der schließlich ungeduldig sein Maul – noch immer sachte mahnend – um den Unterarm des Mannes schloss. Erst jetzt wurde sich Heiner wieder des Tieres bewusst und mit einem Aufschrei riss er seinen Arm in panischer Angst aus der Schnauze des Hundes und flüchtete aus dem Garten.

Anni hatte seinen Schrei gehört und lief sofort zu ihm. Sie presste das feuchte Unterhemd, das sie noch in der Hand hielt, auf die blutende Wunde. „Drück das drauf, ich bin gleich wieder da!" Damit lief sie ins Haus und kam bald mit Verbandszeug zurück. Während sie den langen, aber nicht sehr tiefen Riss versorgte, schalt sie: „Ja, warum hast du Harro denn kein Leckerli gegeben? Bist selber schuld, du Trottel!"

Heiner wusste zwar, dass sie recht hatte, aber sie konnte ja auch nichts von seiner Angst wissen, für die er sich schämte. Er bedankte sich für ihre Hilfe, worauf sie leise antwortete: „Lass nur, das ist doch nichts im Vergleich zu dem, was du für meinen Bruder getan hast."
Heiner wurde klar, dass sich Gerhard seiner Schwester anvertraut hatte und er begriff auch ebenso, dass sie dieses Vertrauen verdiente: Wäre sie nicht verschwiegen, hätte der gesamte Ort bereits längst über eine Sensation zu tratschen gehabt.

Am späten Abend stand Heiner noch einmal mit einem großen Strauß Wiesenblumen, die er selbst gepflückt hatte, und wild klopfendem Herzen vor dem Haus. Er beabsichtigte, sich noch einmal für die Hilfe zu bedanken, nach dem Preis für das verdorbene Hemd zu fragen und … Ja, was noch? Auf sein Klingeln öffnete Gerhard, der den Freund mit breitem Grinsen empfing: „Na holla! Ich wusste ja gar nicht, dass die Post jetzt auch Gemüse austrägt!" Und ins Haus hinein rief er: „Anni, ich glaube, hier möchte dir jemand seine Aufwartung machen!"

Anni kam vor die Tür und knurrte: „Hab schon bessere Witze gehört!" Dann nahm sie Heiner den Strauß ab, roch daran und wurde doch tatsächlich ein bisschen rot. Sie gab die Blumen an den Bruder weiter und ordnete an: „Stell sie in mein Zimmer. Mit Vase und Wasser natürlich!" Und an Heiner gewandt meinte sie: „Lass uns ein Stück gehen. Sonst wachsen meinem Bruderherz vom Lauschen noch Hasenlöffel!"

Wie von selbst schlugen die beiden den Weg zum Fluss ein und schlenderten dort immer weiter. Anni erzählte, dass sie im kommenden Frühjahr ein Praktikum im hiesigen Kindergarten antreten wird, um danach für immer dort zu arbeiten. Heiner dachte nur: 'Gott sei dank – sie zieht nicht fort!'
Dann berichtete er, dass er in zwei Monaten volljährig wird und keinen Vormund mehr braucht, obwohl er sich über den Onkel in keiner Weise beklagen könne. Bald soll er in den Innendienst wechseln, da ein Mann aus dem Nachbarort seine Arbeit übernehmen wird. Und im nächsten Jahr wird er mit einem Fernkurs den Grundstein für seine weitere Laufbahn legen.

Sie plauderten und lachten noch ein wenig über gemeinsame Erinnerungen an die Schulzeit bis sie die Badestelle erreicht hatten. Erst als sie dort nebeneinander im Gras saßen, schwieg Heiner wieder verlegen und auch Anni sagte lange kein Wort mehr. Endlich stand sie auf und ging zum Wasser. „Nur mal mit den Füßen rein", sagte sie. Ja, aber warum zog sie dafür das Sommerkleid aus, unter dem sie nur einen Slip trug? Als

Heiner dann die dunkle Silhouette des Mädchens gegen die im Licht des Mondes hell flimmernde Wasserfläche betrachtete, wurde es auch ihm zu warm in seinen Sachen.

* * *

Von der Zeit an verlief für Heiner das Leben in 'geordneten Bahnen', auch wenn es ihm manchmal fast zu 'spießig' wurde. Was war aus seinen Jugendträumen vom Studieren und vom Reisen in die große Welt geworden? Statt dessen war er in diesem kleinen Nest kleben geblieben!

Doch er haderte immer seltener. „Hör auf zu heulen, es gibt Schlimmeres!" hatte die Großmutter einst gesagt. Und wenn er es sich recht überlegte, hatte er es doch gut getroffen: Seine liebevolle, fröhliche Frau hatte ihm kurz nacheinander zwei gesunde und blitzgescheite Buben geschenkt, an denen sie beide viel Freude hatten. Die Familie konnte sich ein eigenes Haus in der neuen Siedlung mieten, die bald nur noch dem Namen nach neu war, in der es jedoch nach wie vor Hunde in allen Rassen gab.

Als die Jungen irgendwann um einen eigenen Hund zu betteln begannen, tischte ihnen Anni – die inzwischen das Geheimnis ihres Mannes kannte – ihm zuliebe eine dicke Lüge auf: Sie behauptete, unter einer Tierallergie zu leiden, und die Jungen wollten doch wohl nicht, dass ihre Mama schwer krank würde? Damit war der Schlusspunkt unter dieses Thema gesetzt.

Statt des ehemaligen Fußweges gab es nun eine befestigte Straße parallel zum Fluss und man konnte die Badestelle sogar bequem in wenigen Minuten mit dem Auto erreichen. Wenn die Familie manchmal im Sommer dorthin zum Baden fuhr, konnte es passieren, dass die Eltern verstohlen lächelnd einen

Blick tauschten. Für Heiner hatte der Fluss nichts feindliches oder bedrohliches mehr, obwohl der später noch einmal eine dramatische Rolle im Leben des Mannes spielen sollte.

Viele Jahre danach saß Heiner wieder einmal am Fluss, doch diesmal allein. Die Zeit war dahingeflogen, hatte ihm vieles gebracht und noch mehr mitgenommen. Die Söhne hatten erreicht, was ihm nicht vergönnt gewesen war: Beide hatten studiert, der 'Große' hatte eine technische Laufbahn eingeschlagen, der jüngere war Journalist geworden. Der Ingenieur hatte Familie, der andere war mit Freundin und Kind glücklich.

Anni und er hatten sich auf die Zeit nach seiner Pensionierung im Rang eines Postobersekretärs gefreut. Sie waren finanziell gut gestellt und wollten nun noch einige Reisen unternehmen und sich 'etwas gönnen', wie man so sagte. Doch ein Jahr zuvor wurde Anni krank und da der Tumor zu spät erkannt worden war, verlor er sie innerhalb weniger Wochen. Eine Stütze in seiner Trauer war der Freund und Schwager Gerhard, der als selbständiger Tischlermeister im Ort geblieben war. Dessen Familie kümmerte sich rührend um ihn, doch er wollte und musste sein Schicksal selbst tragen.

So sinnierte er wieder einmal dort am Ufer und schaute dem vorbeirauschenden Wasser zu, als er etwas auf sich zu treiben sah. Bald erkannte er, dass ein großer Hund mit aller Kraft versuchte, das Ufer zu erreichen, in seinem Maul hielt er ein blaues Stoffbündel, das er über die Wasseroberfläche zu halten versuchte.
Mit wenigen Schritten war Heiner am Ufer, watete noch ein paar Meter ins Wasser und zog den Hund samt seinem Bündel heraus. Erst hier sah er, dass in einer blauen Kinderjacke ein etwa dreijähriger Junge steckte. Mit einem Blick erkannte der Mann, dass diesem kleinen Kind kein Arzt der Welt mehr würde helfen können. 'Liebe Güte, wie lange musste der Hund

wohl schon gegen die Fluten gekämpft haben?" dachte Heiner und sah sich nach dem Tier um. Kraftlos unternahm die gelbe Labrador-Mischlingshündin den Versuch, sich das Wasser aus dem Fell zu schütteln, dann wankte sie zu der kleinen Leiche, legte sich daneben nieder und leckte dem Kind immer wieder über das leblose Gesicht.

Heiner besaß kein Handy und hatte keine Möglichkeit, telefonisch Hilfe herbeizuholen, doch hier liegen lassen konnte er das Kind schließlich auch nicht. Er nahm den kleinen Körper auf die Arme und brachte ihn zu seinem Auto, das er an der Straße oberhalb der Uferböschung geparkt hatte.
Als er ihn in den Kofferraum legte, hörte er hinter sich ein klägliches Winseln. Die Hündin kroch langsam zu ihm hinauf und Heiner glaubte, in ihren Augen die blanke Verzweiflung zu erkennen. Nein, dieses tapfere Tier konnte er nicht seinem Schicksal überlassen! Ohne Furcht und ohne zu überlegen, hob er auch die triefnasse Hündin auf seine Arme und legte sie neben das tote Kind.

In der Polizeistation des nächsten Ortes meldete er seinen Fund und dort wusste man schon von dem Verlust. Während sich Beamte, ein Arzt und andere Personen um die Leiche des kleinen Jungen kümmerten, musste Heiner in einem Büro sein Erlebnis bis in das kleinste Detail schildern. Die beiden Herren von der Polizei hatten ihm gesagt, dass ein Gerät seine Aussagen aufnimmt. Sie stellten unzählige Fragen und bald hatte Heiner das Gefühl, dass er alles mindestens dreimal erzählt hatte. Schließlich fuhren sie mit ihm zu der Stelle am Fluss und hier musste er die ganze Geschichte noch einmal wiederholen.

Nach Stunden, die Heiner endlos vorkamen, durfte er schließlich nach Hause fahren. Als er sein Auto in der Garage abstellte, war ihm ganz wirr im Kopf und er konnte sich das eigenartige Geräusch, das aus seinem Wagen kam, zuerst nicht erklären. Endlich fiel ihm die Hündin ein, die ja noch im Kofferraum lag.

Wenige Tage später wurde er noch einmal zur Polizeistation gebeten, wo er das Protokoll des Hergangs lesen, auf seine Richtigkeit überprüfen und unterschreiben musste. Als er die Dienststelle schon wieder verlassen wollte, fragte einer der Polizisten beiläufig: „Sagen Sie, was ist eigentlich aus dem toten Hund geworden?" Heiner winkte ab: „Das hat sich inzwischen erledigt", meinte er vieldeutig und der Beamte schien erleichtert, dass er dieses Problem auch los war.

In seinem Heimatort rieben sich die Nachbarn jedoch bald verwundert die Augen, wenn sie Heiner mit einer großen gelben Hündin spazieren gehen sahen, oder wenn er auf der Bank vor seinem Haus saß, das Tier den massigen Kopf auf seine Knie legte und er ihm zärtlich das Fell kraulte.

Das Wunder von Wendau

Die Gemeinde Wendau besteht seit jeher aus zwei Ortsteilen, die durch ein kleines Wäldchen von einander getrennt sind. In dem älteren Dorf steht noch das seit kurzem restaurierte Gutshaus, das einmal den Grafen von Wendau gehörte, an die sich aber selbst die ältesten Bewohner nicht mehr erinnern können. Es wurde im Laufe der Zeit zu unterschiedlichsten Zwecken genutzt, heute sind darin der Gemeinderat, die Landarztpraxis und eine Bibliothek untergebracht. Letztere bleibt jedoch schon seit Jahren wegen mangelnder Besucher geschlossen.

Wendau-Ost entstand durch Ansiedlung von Handwerkern, Land- und Waldarbeitern. Dort gibt es auch heute noch eine Schmiede, die bei Bedarf sogar noch betrieben wird, eine Mühle und die Grundschule. Das Wäldchen war ehemals der zum gräflichen Gut gehörende weitläufige Wildpark, um den sich später kaum mehr jemand kümmerte und der nach und nach verwilderte. Im Norden führt eine von Autos nur mäßig befahrene Straße daran vorbei, südlich hält eine Kleinbahn an dem Haltepunkt, den die Wendauer stolz 'Bahnhof' nennen.

Im Dorf gibt es natürlich auch eine Gaststätte, den 'Krug'. Dessen Wirtin Marlene, Leni genannt, führt die Wirtschaft nun schon in der vierten oder fünften Generation, weshalb es ihr auch nicht an treuer Kundschaft mangelt. Sonntags kommen außerdem noch die Kirchgänger aus der Siedlung zu einem Frühschoppen, da es nur eine Kirche gibt und diese hier im Dorf steht.
Trotzdem musste sie während der letzten vier Jahre hart gegen eine Konkurrenz ankämpfen: In der Siedlung lockte nämlich seitdem eine zweite Gaststätte, die 'Waldschenke', die Thomas

gehört, vor allem die jüngeren Leute an. Leni hielt gern und treu an Bewährtem fest, Tommy bot Abwechslung: Leni kochte gutbürgerlich, Tommy raffiniert. Fand bei Leni ein Abend mit Tanzmusik statt, tobte bei Tommy die Disko. Dabei unterscheiden sich beide im Alter gar nicht so sehr, jedenfalls wenn man Leni glauben darf, die seit ein paar Jahren ihren neunundvierzigsten Geburtstag feiert.

Als Leni vor einigen Monaten feststellen musste, dass auch von den sonst so anhänglichen Kunden manche ab und zu – bloß so aus Neugierde, wie sie sagten – 'rüber zu Tommy' gingen, hatte Leni berechtigten Grund zur Sorge. Sie ließ den 'Krug' renovieren und stellte sogar stundenweise einen Koch ein, der Abwechslung in ihre Speisekarte brachte. Trotzdem blieb der Erfolg dürftig.

Es entbrannte ein regelrechter Machtkampf zwischen den beiden Kontrahenten, der nicht immer mit fairen Mitteln geführt wurde. Manche üble Nachrede wurde laut, ob sie nun stimmte oder nicht, und endlich konnten die zwei sich nicht mehr begegnen, ohne aufeinander loszugehen. Bald ging es um die nackte Existenz und Leni kämpfte verzweifelt.

Sie brauchte neue Ideen! Da kam ihr endlich beim Lesen der Regionalzeitung ein genialer Einfall, glaubte sie jedenfalls. In einem auffälligen Artikel wurde ein junger Autor vorgestellt, der zu den besten Hoffnungen Anlass gab. Zwar hatte er erst zwei Bücher mit Erzählungen und Novellen verfasst, doch beide waren Bestseller geworden! Man riss sich angeblich um seine Werke!

Leni mailte an die Zeitung sofort eine Anfrage, ob eine Lesung im 'Krug' in Wendau möglich wäre und bekam noch am gleichen Tag die Zusage. Sie geriet fast aus dem Häuschen: Wie würden die Wendauer staunen, wenn sie ihnen eine solche Berühmtheit präsentieren würde!

Man verabredete noch auf gleichem Wege Tag und Uhrzeit und dann legte Leni los: Sie malte eigenhändig Plakate, auf denen sie den allseits bekannten und beliebten Dichter und Schriftsteller Guido Fiesler ankündigte. Und eines der Plakate hängte sie in der Siedlung auf – im Anzeigenkasten der Gemeinde direkt neben der 'Waldschenke'! Dann wartete sie voll Ungeduld auf den großen Tag, an dem ihr 'Krug' wieder einmal zum Bersten voll sein würde.

* * *

Guido Fiesler hatte seine Zeit als Volontär seit einem halben Jahr hinter sich und war als zweiter Redakteur für die Kulturseite in der Regionalzeitung aufgenommen worden. Da er seine Arbeit sehr zur Zufriedenheit seiner Vorgesetzten erfüllte, hatte er die Erlaubnis erhalten, mit einem Artikel für seine eigenen Arbeiten werben zu dürfen.
Na gut, er hatte ein bisschen dick aufgetragen – aber klappern gehört zum Handwerk und seine Geschichten gefielen einigen Kollegen und Freunden tatsächlich. Doch mit solch einer prompten Einladung zu einer Lesung hatte er nicht gerechnet! Natürlich hatte er sofort zugesagt. Und deshalb befand er sich bald mit klopfendem Herzen in der Kleinbahn nach Wendau, die ihn zu seinem ersten Auftritt in der Öffentlichkeit bringen sollte. Als er endlich dort auf dem einzigen Bahnsteig stand, sah er – Wald. Und sonst nichts.

„Wo ist denn der Ort?", rief er dem Schaffner zu, der noch in der offenen Abteiltür stand. „Den Fußweg immer geradeaus bis zur Straße, dann sehen Sie ihn schon!" rief der aus dem anfahrenden Zug zurück. Seufzend schulterte der junge Mann seinen Rucksack, in den er seine Bücher gesteckt hatte und von denen er möglichst viele verkaufen wollte, und folgte dem Trampelpfad. Nach etwa einer viertel Stunde sah er die Straße vor sich, wusste nun aber nicht, in welche Richtung er sich wenden sollte. Links von ihm konnte er in einiger Entfernung zwei Fußgänger erkennen, die plötzlich hinter den Bäumen verschwanden. Aha, dort musste wohl der Wald zu Ende sein!

Guido folgte ihnen und stand endlich tatsächlich zwischen etlichen schmucken Einfamilienhäusern mit Vorgärten und gepflegten Wegen. Vor einem als Gaststätte erkennbaren Haus stand auf einem aus Holz geschnitzten Schild: „Wanderer, kehrst du hier ein, wirst du stets willkommen sein!" Und daneben konnte er auch die Ankündigung für die heutige Veranstaltung lesen.

'Nun, Sinn für Poesie scheinen die Leute hier jedenfalls zu haben', dachte Guido und betrat nach einem leise gemurmelten toi-toi-toi das Gasthaus. Lachen und lautes Stimmengewirr schlug ihm entgegen. So viele Leute waren gekommen, um ihn, Guido Fiesler, zu hören! Er war überwältigt und musste sich erst einmal sammeln. So unauffällig wie möglich nahm er an einem unbesetzten Ecktisch Platz und bestellte zunächst beim Kellner ein Wasser.
Die Gäste waren hauptsächlich im jüngeren Alter, nur an zwei Tischen hatte sich die ältere Generation versammelt. Das hatte Guido nicht vermutet und er holte je ein Exemplar seiner Bücher aus dem Rucksack, um eventuell rasch noch eine Korrektur seines geplanten Programms vornehmen zu können.

Dabei ließ es sich nicht vermeiden, dass er das Gespräch der besonders lustigen jungen Leute am Nachbartisch mithören musste. „Stellt euch nur vor, wie die Leni jetzt so ganz allein ihren Dichter anhimmelt!" rief einer der Burschen lauthals in den Raum und die Tischrunde wieherte vor Lachen. „Und dazu heißt der Kerl auch noch 'Fiesler'!" „Huh, ist das etwa ansteckend?" tat ein Mädchen entsetzt und wieder konnten sich alle vor Lachen kaum halten. Guido aber fuhr der Schreck in alle Glieder.

Inzwischen war der Kellner mit dem Wasser an Guidos Tisch getreten und hatte mit einem Blick auf die Bücher die Situation erfasst. „Denkst du etwa, jemand würde freiwillig Benno Schaaf heißen wollen, du Bäh-Schaf?" rief er dem Lästerer zu, worauf der sich verteidigte: „Aber mit zwei 'a', so wie mein Onkel, der Bürgermeister!" Letzteres hatte er mit einem warnend klingenden Unterton hinzugefügt.

„Ach, halt die Klappe", meinte der Kellner nur und zu Guido sagte er freundlich: „Ich glaube, dass Sie hier an den falschen Ort gelangt sind, Herr Fiesler." Als die Jugendlichen am Nachbartisch begriffen, wer der vermeintliche Wanderer mit dem Rucksack wirklich war, wurde ihnen die Lage doch etwas peinlich. „Tschuldigung, war nicht so gemeint", knurrte Benno mit roten Ohren.

Auch Guido war die Situation unangenehm und nachdem ihn Tommy, Kellner und Wirt in einem, über den Irrtum aufgeklärt hatte, fragte er ratlos: „Was nun?" Zunächst riet man ihm, in das zwei Kilometer weit entfernte Dorf zu fahren, doch da musste er gestehen, dass er kein Auto besaß. In der Schenke fand sich niemand, der ihn hätte fahren wollen oder können, denn alle hatten bereits mindestens ein Bier getrunken.
Endlich schlug einer der älteren Gäste vor: „Tommy, ruf doch einfach mal die Leni an, damit sie ihren Poeten hier abholen kann!" Unter dem Gelächter seiner Gäste stimmte der Wirt zu und verschwand in einem der hinteren Räume.

Nun herrschte für einen Moment peinliche Stille, bis das Mädchen vom Nachbartisch plötzlich fragte: „Stimmt es, Sie schreiben richtige Bücher?" Und einer der Jungen wollte wissen: „Sind die wenigstens spannend?"
Guido nickte verwirrt und zeigte auf die Bücher, die vor ihm lagen. „Darf ich mal?" fragte ihn das Mädchen wieder, kam an seinen Tisch und blätterte in einem Band. Jetzt wagten sich auch ein paar andere Gäste zu ihm und Guido reichte bereitwillig jedem ein Exemplar. Plötzlich meinte eine ältere

Frau: „Na, wenn Sie schon einmal hier sind, könnten Sie auch mal was vorlesen. Geht das?"
Und nach mehreren ermahnenden „Pst!" und „Seid doch mal still!" begann Guido erleichtert zu lesen. Ohne lange zu überlegen, hatte er mit einer seiner Lieblingsgeschichten begonnen: Eine Erzählung über einen Möchtegern-Einbrecher, der sich aber viel zu dusslig anstellt und am Ende sogar noch wider Willen zum Retter in der Not wird.
Es dauerte gar nicht lange, da hatte er seine Zuhörer gebannt, und als die ersten Lacher erklangen, wurde Guido immer mutiger.

Inzwischen hatte sich auch die herbeigerufene Leni unauffällig und leise zum Publikum gesellt und applaudierte am Ende genau so begeistert wie die anderen.
Es wurde dann noch ein unterhaltsamer Abend und nicht wenige der Gäste kauften Guido nach seiner Lesung eines seiner Bücher ab. Das Erstaunlichste und an ein Wunder grenzende aber war, dass die 'Krug'-Wirtin friedlich an einem Tisch in der 'Waldschenke' saß und dass deren Wirt die Konkurrentin freundlich und bereitwillig bediente!

Guido konnte in einem der Gästezimmer übernachten und als er sich am nächsten Tag von Tommy verabschiedete, erfuhr er noch, dass sich inzwischen beide Wirtsleute darauf geeinigt hatten, den anstehenden Ball der Freiwilligen Feuerwehr gemeinsam zu gestalten und dass er dazu herzlich eingeladen sei!

Auf der Suche nach Heimat

Walter legt die Tageszeitung beiseite. Das eben Gelesene ruft Bruchstücke von Erinnerungen in ihm wach und er lässt ihnen freien Lauf: Er sieht sich als Fünfjährigen an der Hand der Mutter auf einer der schier endlosen Alleen, die einzelne Dörfer und Gehöfte miteinander verbinden. Die Mutter öffnet ein hölzernes Tor. Eine ältere Frau kommt eilig auf sie zu, drückt der Mutter ein Päckchen in die Hand und flüstert: „Schnell fort, bevor der Bauer kommt!" Wenig später essen sie am Straßenrand Brot und ein Stückchen Wurst.

Von den meisten Höfen werden sie mit wortreichem Bedauern weitergeschickt: Zu viele Flüchtlinge wären schon vorbei gekommen, wolle man allen helfen, habe man selbst nichts mehr. Nein, Arbeit gibt es keine und bleiben können sie auch nicht. Nicht einmal, um sich etwas von der nun schon Monate dauernden Wanderung auszuruhen.

Dann gehen Walter und seine Mutter durch eine Stadt, in der er mehr Ruinen als bewohnbare Häuser sieht. Mutter befragt Leute, die fast alle ebenso umherirren wie sie selbst. Endlich stehen sie in einem Raum mit einem großen Tisch. Ein Mann, der nur einen Arm hat, gibt der Mutter einen Zettel und zeigt ihr auf einer Landkarte an der Wand den Weg. Nein, eine Bahn fahre noch nicht wieder, sie müssen laufen.

Die Spätsommersonne brennt und Walter wird es heiß. Er möchte den dicken Mantel ausziehen, aber die Mutter erlaubt es nicht: „Den kann ich nicht auch noch schleppen und im Winter wirst du ihn brauchen!" Das sieht er sogar als Kind ein: Mutter plagt sich schon mit dem Rucksack und einem Koffer ab, in denen ihre ganzen Habseligkeiten stecken.

Sie erreichen den Stadtrand, der weniger zerstört zu sein scheint. Sie finden das zweistöckige Haus mit der Adresse, die auf dem Zettel steht. In einer der sechs Wohnungen zeigt ihnen eine junge Frau das Zimmer, in dem sie nun wohnen werden. Es ist groß und hell, sogar mit Gardinen an den beiden Fenstern. Das Mobiliar besteht aus einem Bett mit Matratze und einem Kleiderschrank. Sonst nichts. Waschen können sie sich in einer Wasserschüssel in der Küche. Letztere müssen sie sich mit der Familie teilen, wird ihnen gesagt. Ein Bad gibt es nicht, das Plumpsklo erreicht man über den Hof.
Walter und seine Mutter haben das dringende Bedürfnis zu schlafen. Doch erst bekommen sie jeder noch einen Teller Suppe und ein Stück Brot von der freundlichen Frau.

In den nächsten Tagen lernt Walter die übrigen Bewohner des Hauses kennen. In der gemeinsamen Wohnung leben die junge Frau und ihr Mann mit drei Kindern. Die müssen nun mit den beiden anderen Zimmer auskommen, in denen es verdammt eng wird. Eines der Mädchen ist etwa so alt wie Walter und die beiden freunden sich schnell an.
Überhaupt gibt es in jeder Familie zwei oder mehr Kinder und hätte nicht überall die Not hervorgeschaut, hätte es für sie eine glückliche Zeit werden können!

In den nächsten Tagen bringen Nachbarn ein bisschen Geschirr und anderes Notwendige vorbei, auf dem Dachboden werden ein etwas wackliges Tischchen und zwei Stühle gefunden und endlich bringt jemand sogar ein zweites Bett! Das Gestell ist aus Metall und quietscht ganz fürchterlich, aber die Mutter weiß bald damit umzugehen.

Dann stellt Walter fest, dass sogar in einem der Keller mit nur einem winzigen Fenster eine Familie wohnt: Ein etwas älterer Junge mit seiner Mutter und der Großmutter. Und in einem der sechs gemauerten Kaninchenställe auf der anderen Seite des Hofes leben zwei ältere Männer. Sie sprechen nur wenig deutsch, gehen am Tage zu einem Bauern arbeiten und schlafen nachts auf Strohsäcken in dem kleinen Raum. Sie sind sehr freundlich, vor allem zu den Kindern, und werden von den übrigen Bewohnern ebenfalls mit dem Nötigsten versorgt.

Durch die Vermittlung dieser beiden Männer bekommt die Mutter Arbeit als Magd und erhält nun eine Lebensmittelkarte und etwas Geld. Walter ist trotz allem ein glückliches Kind. Er fühlt sich geborgen und die Sorgen der Erwachsenen kann er in seinem Alter noch nicht nachvollziehen. Er weiß es nicht anders und vermisst deshalb nichts. Seinen Vater kennt er nicht, der ist 'im Krieg geblieben', wie Mutter sich ausdrückt, und er kann sich darunter noch nichts vorstellen.

Und dann kommt dieses Weihnachtsfest, das er in seinem Leben nicht vergessen wird! Schon einige Zeit vorher tun die Erwachsenen sehr geheimnisvoll. Am Tag zuvor gehen zwei der Väter in der Dämmerung fort und kommen erst spät in der Nacht wieder. Die Kinder merken nichts davon, doch am nächsten Morgen steht mitten im Hof in einem eingegrabenen Eimer mit Erde eine große Fichte.

Und die dürfen die Kinder schmücken! Doch dazu reichen die paar Christbaumkugeln aus der Schachtel vom Dachboden längst nicht. Aus Papier werden Sterne und Herzen geschnitten und lange Ketten geklebt. Viele der Erwachsenen erinnern sich an Basteleien aus ihrer eigenen Kindheit und endlich steht ein fantasievoller, herrlich geschmückter Weihnachtsbaum da! Sogar ein paar Strohsterne fehlen nicht, die haben die beiden Männer gefertigt, die in dem Kaninchenstall leben.

Walter kann sich heute noch nicht erklären, wer die Kerzen gespendet hat. Jedenfalls stehen am Abend alle, Groß und Klein, rings um den hell leuchtenden Baum und singen Lieder. Und ohne Abrede fassen sie sich dabei an den Händen: Die

Geflüchteten und die Einheimischen, die aus dem Keller und die aus dem Stall.

Dann gibt es sogar noch Geschenke für die Kinder und Walter hat den braunen Schal, den seine Gastgeberin für ihn gestrickt hat, lange in Ehren gehalten, auch wenn der ein wenig am Hals kratzte und eigenartig roch.

Es waren das Miteinander und Füreinander, es war die Herzlichkeit, die dieses Fest so unvergesslich werden ließ.

Heute ist Walter allein, doch er ist fest entschlossen, dass es dabei nicht bleiben soll. In der Tageszeitung steht ein Aufruf und nun weiß er, wie und wo man auch heute Hände reichen kann. Und er macht sich auf den Weg.

Narben

Wieder einmal plante Neles Familie den Jahresurlaub, doch diesmal würde er ein klein wenig anders sein als sonst. Die Zwölfjährige hatte sich so lange geweigert mitzufahren, bis die Eltern genervt aufgaben und zustimmten. Nele hatte erklärt, sie habe 'Null Bock', mit 'Mami und Papi' und den beiden kleineren Brüdern artig spazieren zu gehen und am Abend 'Mensch-ärgere-dich-nicht' zu spielen. Dafür sei sie endlich zu groß und außerdem könne sie dann nicht an der zur gleichen Zeit geplanten Klassenfahrt teilnehmen. Die dauerte zwar nur drei Tage, doch das Zusammensein mit den Freunden war ihr wichtig.

Schließlich zeigten die Eltern Verständnis und gaben ihr die Erlaubnis unter der Bedingung, dass sie in der verbleibenden Zeit bei Oma Irmgard wohnen sollte. Damit war Nele sofort einverstanden, hatte sie doch an ihre Besuche auf dem Land nur die besten Erinnerungen. Dort hatte sie viel mehr Freiraum als in der Stadt, Opa Ludwig strolchte mit ihr sicher wieder durch den nahen Wald und mit einigen Dorfkindern hatte sie sich auch schon angefreundet. Sie freute sich auf die Pferde in der Koppel, auf denen sie manchmal reiten durfte, und überhaupt! Das würden herrliche Ferien werden!

Als die Eltern sie dann mit Rucksack und Koffer bei den Großeltern ablieferten, schien Nele jedoch nicht mehr ganz so enthusiastisch zu sein. Selbst der Oma fiel auf, dass irgend etwas das Mädchen bedrückte und auch am zweiten Tag wurde Neles Stimmung nicht besser. Die beiden spülten eben nach dem Mittagessen das Geschirr, da fragte Oma Irmgard direkt: „Was ist mit dir los? Bereust du deine Entscheidung, hat dich jemand gekränkt oder hast du Liebeskummer?"

Nele schien nach Worten zu suchen, als sie sagte: „Das ist nicht so einfach, Oma. Ich hatte mich ja eigentlich auf die Klassenfahrt gefreut, weißt du. Aber am letzten Schultag haben wir erfahren, wie die Zimmer in der Jugendherberge aufgeteilt worden sind. Und nun muss ich mit der Viola und noch zwei Mädchen zusammen in einem Zimmer schlafen."

„Was ist mit der Viola? Schnarcht sie?", wollte die Oma wissen. Neles Antwort war ein gedehntes „Nein". Sie druckste noch ein bisschen herum, dann berichtete sie, dass dieses Mädchen 'so hässliche Brandnarben' hatte, über die ganze rechte Schulter. „Wir müssen das immer sehen, wenn wir uns zum Sportunterricht umziehen. Das sieht richtig eklig aus, die Haut ist so komisch rosa und ganz vernarbt. – Igitt!" Nele verzog angewidert das Gesicht, Oma Irmgard aber sagte kein Wort dazu.

Die beiden hatten ihre Küchenarbeit beendet und Nele fragte: „Darf ich zu den Koppeln gehen?" „Warte noch ein bisschen, ich möchte dir erst etwas erzählen." Mit diesen Worten ging die Oma vor das Haus, setzte sich auf eine Bank und nahm eine Schüssel mit Erbsenschoten zum Enthülsen auf den Schoß. Und während dieser Arbeit erzählte sie:

„Ich wohnte schon immer hier im Dorf. Meinen Eltern gehörte der Bauernhof dort drüben hinter dem Weiher. An meine Großeltern kann ich mich kaum erinnern. Ich war noch sehr klein, als sie kurz hintereinander gestorben sind. Aber die Urgroßmutter lebte noch in unserem Haus. Sie wurde Muhme genannt, das war früher so üblich. Sie hatte drei Söhne gehabt. Zwei sind im Krieg geblieben und den dritten, meinen Großvater, überlebte sie auch.
Sie soll schon früher eine mürrische und zänkische Person gewesen sein, doch nach dem Tod ihres Mannes und der Söhne war es oft nicht auszuhalten mit ihr! Sie nörgelte oder keifte von früh bis spät. – Ich erzähle dir das nicht etwa, um

der alten Frau etwas Schlechtes nachsagen zu wollen, sondern damit du das Geschehene richtig verstehst, Nele." Mit einem Seitenblick nahm Irmgard wahr, dass das Mädchen eifrig nickte und sie gespannt ansah. Da fuhr sie fort:

„Ich muss damals wohl nur wenig älter gewesen sein, als du jetzt bist, da kam in unser Dorf eine noch ziemlich junge Frau. Ihr wurde eine kleine Wohnung im Gesindehaus zugewiesen, nur Zimmer und Küche. Später hat man das alte Lehmhaus abgerissen. Es war aber auch zu schäbig.
Woher die Frau kam, wusste niemand, und auch sonst war einiges recht eigenartig an ihr. Sie trug sogar im Sommer nur hochgeschlossene Kleider mit langen Ärmeln und immer ein Kopftuch, das sie tief ins Gesicht zog und unter dem nie auch nur eine kleine Haarsträhne zu sehen war.
Wenn sie durch das Dorf ging, schaute sie stets zu Boden. Sie grüßte zwar alle Menschen höflich, aber sonst sprach sie mit niemandem ein Wort. Es wusste auch keiner, wovon sie lebte.

Man sah sie häufig über die Wiesen oder in den Wald gehen, wobei sie irgendwelche Pflanzen sammelte. Ihre Nachbarn erzählten, dass sie die Kräuter trocknete, und dass ab und zu ein Mann mit einem vollen Rucksack zu ihr kam. Er tauschte dann Lebensmittel gegen diese Kräuter, die er mitnahm. Einige Dorfbewohner wollten beobachtet haben, dass der Unbekannte danach zum Kloster hinter dem Hügel ging.

Die junge Frau schien ziemlich fromm zu sein. An jedem Sonntag ging sie pünktlich zur Kirche und betete dort in der hintersten Bank. Manchmal kam der Pfarrer extra zu ihr und sagte ein paar Worte, aber so leise, dass auch die neugierigsten Ohren nichts verstanden. Trotzdem war sie für unsere Muhme und einige andere alte Leute ein willkommenes Opfer für ihre Häme."

„Was ist das – 'Häme', Oma?", unterbrach Nele. „Das ist ein altes Wort für Spott, Verleumdung und üble Nachrede," erklärte Irmgard. „Und sie ist ansteckend – schlimmer und gefährlicher als ein Schnupfen.
Bald hatten die Verleumder das halbe Dorf auf ihrer Seite. Mein Vater kam einmal dazu, als ein Junge hinter dem Rücken der Frau in eindeutiger Absicht einen Stein aufhob. Er ging dazwischen und gab dem Bengel eine Ohrfeige."

„Aber die Frau hat doch niemandem etwas getan – oder?", empörte Nele sich jetzt. „Nein, niemandem," bestätigte die Oma. „Und eigenartigerweise reagierte sie überhaupt nicht auf die Beschimpfungen, so als hätte sie gar nichts gehört. Das stachelte die Alten erst recht an. Eines Tages überredeten sie einen Knecht, der nicht ganz richtig im Kopf war, zu einem Streich, wie sie sagten.
Als die junge Frau danach wieder einmal über den Dorfplatz kam, wo die Alten sich nachmittags auf den Bänken trafen, schlich sich der Bursche von hinten an sie heran und zog ihr das Kopftuch herunter. Nun sahen alle, was sie so sorgfältig verborgen hatte: Sie hatte keine Haare, dafür war ihre rosa Kopfhaut voller Brandnarben, die sich über einen Teil des Gesichts und den Hals bis in den Kragen ihres Kleides zogen. Die Frau schrie nur kurz auf, dann bedeckte sie ihren Kopf mit den Händen und lief weinend in ihre Wohnung."

„So eine Gemeinheit!", schimpfte Nele und die Oma nickte. „Aber nun ging es erst richtig los. Die Leute liefen durch das Dorf, allen voran die Muhme. Sie fuchtelte mit ihrem Krückstock und rief allen zu: 'Das Weib ist eine Hexe! Der Satan hat sie gebrandmarkt!' und andere schrien es ihr nach: 'Verjagt die Hexe! Sie ist mit dem Teufel im Bunde! Sie bringt Unglück über uns alle!'"
„Aber Oma!" unterbrach Nele wieder. „Das hat doch im Ernst keiner geglaubt – oder?"

Irmgard seufzte: „Ach Kind, leider gab es damals noch genug Menschen, die an Hexen, Teufel, Geister und ähnliches glaubten. Und ich denke manchmal, einige gibt es heute noch. Die Dummheit stirbt wohl nie ganz aus.
Natürlich ließ der Pfarrer am nächsten Sonntag ein tüchtiges Donnerwetter von der Kanzel auf die gesenkten Häupter los, aber wirklich viel geholfen hat es nicht. Die Sticheleien und Beschimpfungen wurden zwar leiser, aber deshalb nicht weniger boshaft. Doch die junge Frau ging wieder als sei nichts gewesen – nun mit einem anderen Kopftuch – durch das Dorf zum Wald und grüßte höflich.
Ich war etwas mehr als sechzehn Jahre alt, da war die Frau eines Tages verschwunden."

„Also, ich an ihrer Stelle wäre schon längst von dort abgehauen!", rief Nele, aber ihre Oma schüttelte traurig den Kopf und sagte: „Sie war nicht weggegangen. Pilzsammler fanden sie ein paar Tage später im Wald. Man hatte sie erschlagen."
Entsetzt schlug Nele die Hand vor den Mund. Dann fragte sie mit großen Augen leise: „Hat man den Mörder gefunden?"
„Nein", sagte die Oma und nach einer Weile erklärte sie: „Zuerst hatte man den einfältigen Knecht verhaftet, aber nach zwei Tagen ließ ihn die Polizei wieder laufen. Er wusste wohl tatsächlich nichts. Und alle, die vielleicht etwas hätten wissen können, hielten dicht. Die Muhme sagte zu allen Leuten, ob sie es hören wollten oder nicht, dass nun der Teufel das Weib endlich geholt habe.

Einen kleinen Tumult gab es noch einmal, als die Frau begraben werden sollte – auf dem Friedhof in geweihter Erde! Aber der Pfarrer wies jede Widerrede zurück: Die Frau sei getauft und habe ein Recht auf die letzte Ruhestätte.
Einmal blickte er dabei in die Runde und sagte streng: 'Sie war ein besserer Mensch als viele unter euch!' Danach wagte zwar niemand mehr ein böses Wort zu sagen, doch zur Beerdigung

gingen nur wenige Dorfbewohner mit, darunter meine Mutter, die sich schon immer für die Muhme geschämt hatte, und ich.

Als der Pfarrer am Grab ein paar allgemeine Worte sprach – aber auch hier erfuhren wir noch nicht, wer die Frau wirklich gewesen war – stand plötzlich ein fremder junger Mann neben uns. Er war nach Art der Städter gekleidet und musste die Tote gekannt haben, denn er konnte die Tränen nicht zurückhalten und wirkte irgendwie verzweifelt.
Nachdem er sich später wieder etwas gefasst hatte, sprach er meine Mutter an und fragte sie nach einer Möglichkeit zum Übernachten im Ort, da es am selben Tag keine Gelegenheit zur Heimfahrt mehr für ihn gab. Mutter bot ihm ein Zimmer in unserem Haus an, in dem wir seit dem Tod der Großeltern mehr Platz als nötig hatten.

Meine Eltern waren taktvoll genug, den jungen Mann – er schien wenig mehr als zwanzig Jahre alt zu sein – nicht mit Fragen zu bedrängen. Die Muhme hatte mein Vater mit strengen Worten in ihre Zimmer verwiesen.
Nach dem Abendessen saßen wir noch ein Weilchen schweigend beisammen, als der Fremde plötzlich leise sagte: 'Johanna war ein Engel.' Wir wussten sofort, dass er von der toten Frau sprach und als er uns nun ihre Geschichte erzählte, unterbrachen wir ihn nicht und hörten ergriffen zu:

'Johanna war Franziskanerin. Sie arbeitete als Erzieherin und Lehrerin in einem Waisenhaus, das dem Kloster angeschlossen war. Einmal brach in der Nacht ein Feuer aus. Alle Kinder lagen schon in ihren Betten und die Ordensschwestern waren noch beim Nachtgebet, als sie das Feuer bemerkten. Anwohner hatten bereits die Feuerwehr alarmiert und die Nonnen versuchten verzweifelt, die Kinder zu retten.
Schwester Johanna ist viermal in das Haus gelaufen und hat jedes mal zwei oder drei der Kleinen mitgebracht. Beim dritten Mal brannten ihre Kleider, doch sie riss sich das Habit

und die Haube herunter und stürzte – nur noch mit dem Hemd bekleidet – ein letztes mal in das brennende Haus. Und wieder schaffte sie es – mit mir an der Hand und einem Baby auf dem Arm. Dann brach sie zusammen.
Alle Kinder wurden gerettet, doch trotzdem verstarben später im Hospital ein siebenjähriges Mädchen und ein kleiner Junge an den Folgen.'

Hier machte der junge Mann eine Pause. Die Erinnerungen waren wohl zu mächtig, als dass er hätte weitersprechen können. Wir sagten ebenfalls nichts und warteten, bis er sich beruhigt hatte. Dann erzählte er weiter: 'Schwester Johanna lag sehr lange im Hospital, das auch zum Kloster gehörte. Die Ärzte gaben ihr kaum eine Chance – zu viel Haut war verbrannt und sie litt unsägliche Schmerzen. Doch der junge Körper kämpfte sich ins Leben zurück und endlich war das Schlimmste überstanden.

Sie wollte unbedingt wissen, ob denn alle Kinder gerettet seien, doch als man ihr mit größtmöglicher Rücksicht von den zwei Kindern erzählte, die ihre Verletzungen nicht überlebt hatten, schrie sie auf, schlug die Hände vor das Gesicht und weinte bitterlich. Am nächsten Tag lag sie mit hohem Fieber im Bett und man fürchtete erneut um ihr Leben.
In ihren Fieberträumen stöhnte sie immer wieder, das sei die Strafe Gottes. Sie flehte um Verzeihung und rief nach einer Lisbeth. Schließlich fiel einer Schwester ein, dass dies der Name des verstorbenen Mädchens war.

Aber auch diese schlimme Zeit überwand Schwester Johanna endlich und als sie schon fast genesen war, beichtete sie, dass Lisbeth ihre Tochter gewesen sei, die sie vor ihrem Eintritt in das Kloster unehelich geboren und einer Verwandten zur Pflege anvertraut hatte. Später hatte sie das Mädchen ins Kloster geholt, weil sie sich nach ihrem Kind sehnte. Die wahre Identität des Kindes hatte sie allerdings aus Furcht und Scham verschwiegen.

Erst als Johanna nach langer Zeit wieder völlig gesund war – allerdings von Narben entstellt – verließ sie mit der Zustimmung des Ordens das Kloster und zog sich in ein Dorf in der Nähe zurück. Da sie sich außer dieser Lüge sonst nichts hatte zu schulden kommen lassen und als Dank für die Rettung von elf Kindern wurde ihr eine lebenslange Unterstützung durch das Kloster zugesagt.'

Damit endete der Bericht des jungen Mannes. Er fügte später noch hinzu, dass er seit Jahren nach dem Verbleib seiner Lebensretterin geforscht hatte, da man ihm im Kloster jegliche Auskunft verweigert hatte mit der Begründung, es geschehe um des Seelenfriedens willen. Nun war er zu spät gekommen, um ihr danken und helfen zu können."

Nele war nach diesem Bericht recht still geworden. Endlich fragte sie: „Was meinst du, Oma, sollte ich Viola fragen, woher ihre Narben kommen?" Doch Oma Irmgard meinte: „Das würde ich nicht tun. Wenn sie sonst ein nettes Mädchen ist, dann versuche, dich mit ihr anzufreunden. Und wenn eure Freundschaft groß genug ist und sie Vertrauen zu dir hat, wird sie es dir gewiss eines Tages von selbst erzählen."

Jetzt hatte Nele verstanden. Aber dann kam ihr noch ein Gedanke: „Oma, weißt du auch, was aus dem jungen Mann geworden ist?" Da lachte die Oma, zeigte zum Gartentor, durch das eben Opa Ludwig kam, und meinte: „Das kannst du ihn sogar selber fragen."

Gerda träumt

Gerda leidet nicht wie andere alte Leute an Schlaflosigkeit. Oder jedenfalls nur selten. Zum Beispiel dann, wenn das Abendprogramm im Fernsehen zu aufregend war oder wenn sie sich über etwas geärgert hat. Aber das kommt zum Glück nur selten vor.
Auch die immer gleich bleibende Abfolge der letzten Handlungen vor dem Zubettgehen trägt sehr zu ihrem Wohlbefinden bei: Nachdem sie schon im Nachthemd aus dem Bad gekommen ist, sorgt sie noch einmal dafür, dass Kater Felix ausreichend mit Futter und Wasser versorgt ist. Neben sein Körbchen legt sie ihm ein Leckerli in der Hoffnung, dass er in der Nacht dort schlafen wird. Doch den Gefallen hat ihr der Gescheckte in den ganzen zwölf Jahren seines bisherigen Lebens noch kein einziges Mal getan!
Zuletzt stellt sie sich ein gefülltes Wasserglas auf dem Nachttisch bereit und kuschelt sich samt Brille und Buch in ihr Bett. Erst wenn ihr vom Lesen fast die Augen zufallen wollen, legt sie beides beiseite und löscht die kleine Lampe am Bettgiebel.

Tiefe gleichmäßige Atemzüge durch den leicht geöffneten Mund verraten bald ihren festen Schlaf. Doch dann spürt sie einen leichten Stoß gegen ihre Schulter. Ihre Mutter steht vor dem Bett, wie immer in dem alten braunen Wollmantel und dem bunten Kopftuch: „Gerti, du musst aufstehen, sonst kommst du zu spät zur Schule." „Ja, Mama, ich komme gleich", nuschelt Gerda.
Sie ist noch so müde und würde gerne weiterschlafen, aber da spürt sie die Hand der Mutter wieder. Mühsam öffnet sie die Augen. Es ist stockdunkel, vor dem Bett steht niemand. Felix rollt sich eben zufrieden schnurrend am Kopfende zusammen.

„Blöder Kater", knurrt Gerda mehr aus Gewohnheit als aus Ärger und dreht sich auf die andere Seite.

Fräulein Wiesmüller holt mit dem langen Lineal aus, weil Gerda wieder einmal den Griffel zum Schreiben in der linken Hand hält statt im 'schönen Händchen'. Vor Angst ist Gerda völlig starr und kann sich nicht rühren. Sie kennt den Schmerz, der nun folgen wird, zur Genüge. Da reißt die kleine Hilde ihre Hände weg und der Hieb geht ins Leere.
Aber warum sieht Hilde so schwarz aus? Ach ja, da ist auch der Mann, der das Hildchen nach dem Fliegerangriff aus dem Keller getragen hat. Dadurch ist die Freundin so schwarz geworden und hat gar nichts mehr gesagt. Der Mann ruft Gerda zu: „Du musst weglaufen! Sie kommen wieder!" Sie will rennen, doch ihre Beine sind so schwer, sie kann sich nicht bewegen.
Sie fährt schwer atmend aus dem Schlaf hoch. Felix rutscht empört maunzend von ihren Füßen. "Es reicht!" schimpft Gerda mit ihm. Sie nimmt einen Schluck aus dem Wasserglas, dann versucht sie, wieder einzuschlafen.

Die enge Straße mit den hohen Häusern auf beiden Seiten, deren unzählige dunkle Fenster ohne Glas sind, nimmt einfach kein Ende. Gerda will nach Hause. Sie weiß, dass sie über einen Hügel mit einer Wiese gehen muss, damit sie auf der anderen Seite das kleine Gehöft der Eltern sehen kann. Aber hier ist keine Wiese, nicht einmal ein Strauch oder Baum, nur gewaltige kahle Mauern aus Backstein, die ihr Angst machen. Sie schaut durch ein Tor, das wie das Portal einer Kirche aussieht. Dahinter ist nichts als Trümmer und Geröll.

Endlich kommen ihr Menschen entgegen. Sie tragen Taschen oder Rucksäcke und unterhalten sich fröhlich. Dort hinter ihnen ist auch ein Bahnhof und da auf der anderen Seite der Straße läuft ihr älterer Bruder Benno, der bei Stalingrad gefallen ist! Gerda ruft nach ihm, aber er hört sie nicht. Sie

will zu ihm gehen und es kostet sie fast übermenschliche Kraft, aber sie schafft es und steht endlich vor dem Bruder. „Ich wusste, dass du nicht tot bist! Ich habe immer gewusst, dass du wieder nach Hause kommst!" Überglücklich schaut sie ihn an.
Da lächelt Benno und meint: „Ich hatte dir doch versprochen, dass ich dich nicht allein lasse." Dann gehen sie zusammen weiter. Irgendwo hin.

Mit einem zufriedenen Seufzer dreht sich Gerda im Bett um ohne wirklich aufzuwachen.
Allmählich wird es heller um sie: Ein Raum mit weiß gefliesten Wänden. Zweifellos eine Küche, eine sehr große Küche sogar, vielleicht zu einem Hotel gehörend. Auf Ablagen türmen sich Berge von schmutzigen Tellern und schwere eiserne Töpfe, an denen Essensreste kleben. Bald werden die Gäste kommen und es ist nichts vorbereitet! Mit dem Mut der Verzweiflung beschließt Gerda, den Zustand zu ändern und diese Sisyphusarbeit in Angriff zu nehmen.

Doch zuerst muss sie mal dringend austreten. Sie öffnet mehrere Türen, doch nirgends ist dahinter eine Toilette zu entdecken. Da sieht sie an einer Wand eine Kloschüssel ohne Spülung und Abfluss. Ganz in der Nähe stehen Leute herum, lachen und unterhalten sich. Aber sie muss doch so nötig! Soll sie etwa hier vor allen …

Entsetzt reißt sie die Augen auf. „Na, das war mal wieder höchste Eisenbahn!" stellt Gerda fest und angelt nach ihren Hausschuhen. Als sie aus dem Bad zurückkommt, sitzt Felix vor ihrem Bett und maunzt erwartungsvoll. „Noch nicht, Felix. Ist ja noch beinahe dunkel", sagt sie mit einem Blick auf das Fenster, hinter dem die Nacht langsam verblasst und der Morgen sich mit dem ersten Schimmer ankündigt. Gerda schlüpft noch einmal in das warme Bett und Felix trollt sich enttäuscht.

„Was man doch für dummes Zeug träumt", murmelt sie noch und versucht, sich an ihre Träume zu erinnern. Doch je mehr sie nachdenkt, um so verschwommener werden die Bilder, bis sie wieder in den Schlaf hinübergleitet.

Irgendwann geht sie einen endlos langen Flur entlang. Es hat längst zum Unterrichtsbeginn geläutet und die Kollegen sind bereits rechts und links hinter den Türen verschwunden, nur sie sucht noch immer ihre Klasse. Sie weiß, dass sie eine Vertretungsstunde hat, aber wo? Und in welchem Fach? Endlich steht sie vor den Schülern, die sie erwartungsvoll ansehen. Wenn ihr doch nur das Thema der Stunde bekannt wäre! Erschrocken stellt sie fest, dass sie auch ihren Stundenplan überhaupt nicht kennt und schon seit Wochen kein Klassenbuch mehr geführt hat!

Da legt sich eine warme Hand beruhigend auf ihre Schulter. Sie schaut nicht auf, aber sie weiß, dass ihr Mann Helmut bei ihr ist und ihre Panik verfliegt. Er war ihre große Liebe, war immer da, wenn sie ihn brauchte und hat sie beschützt. Bis zu seinem Tod. Und darüber hinaus. Er legt einen warmen Mantel um sie, in den sie sich einkuschelt. Sie lehnt sich an seine Schulter und ihr ist wohl, so wohl!

Mit einem glücklichen Seufzer erwacht Gerda und auf ihrem Gesicht spiegelt sich noch das eben Gespürte als ein Lächeln wider. Neben ihr schnurrt Felix behaglich und sie streichelt sachte und dankbar über sein warmes Fell.
„Komm, wir machen uns einen schönen Tag", sagt Gerda beim Aufstehen zu ihm. Dann verlassen beide das Schlafzimmer, doch die Träume bleiben zurück, verblassen und sind bald im Nichts verschwunden.

Fragen, auf die es keine Antwort gibt

Nachdem sich ihr Besuch verabschiedet hat, schließt Laura behutsam die Wohnungstür hinter ihm, als fürchte sie sich vor einem lauten Geräusch. Genau so sachte geht sie in das Wohnzimmer zurück und lässt sich in einen der beiden Sessel fallen, in denen bis jetzt die zwei freundlichen Polizisten gesessen und ihr auf einfühlsame Weise den Tod des Bruders mitgeteilt hatten.

Laura verbirgt das Gesicht in den Händen und schüttelt immer wieder den Kopf, als wollte sie das soeben Gehörte nicht wahrhaben. Und doch klingen die Worte in ihr nach: „Wir haben dieses Foto in seiner Jacke gefunden. Auf der Rückseite standen Ihr Name und die Adresse. Deshalb sind wir gleich zu Ihnen gekommen." Der zweite Mann hatte sie mitfühlend gefragt: „Es gibt wohl keine weiteren Angehörigen?" Sie hatte nur den Kopf geschüttelt, obwohl es gelogen war.
Wie hätte sie ihm auch erklären sollen, dass in dieser Familie sich niemand dem anderen 'angehörig' fühlte, obwohl sie dem Gesetz nach verwandt waren. Sogar ersten Grades – Eltern und Kinder!

Laura lässt ihre Gedanken in die Vergangenheit schweifen und muss feststellen, dass ihre Erinnerungen an die Kindheit nur bruchstückhaft und wie aus einem Nebel auftauchen. Ja, sogar an den Bruder, den sie als einzigen dieser Familie zu lieben geglaubt hatte, erinnert sie sich nur episodenhaft.
Wie alt war Mario geworden? Laura muss rechnen: Der Bruder war sieben Jahre vor ihr geboren, also hatte er im Juli gerade das vierunddreißigste Lebensjahr vollendet! Sie seufzt tief auf: 'Warum? Warum nur?' fragt sie sich mehrmals. 'Warum hat alles so kommen müssen?'

Sie hat nie verstehen können, wie es zu einer Heirat zwischen den beiden kommen konnte: der ehrgeizigen Annegret, der ihre Karriere über alles ging, und dem herrschsüchtigen Spediteur Konrad.
Ob es jemals so etwas wie Liebe, ja, auch nur gegenseitige Achtung zwischen ihnen gegeben hatte? Das musste es doch wohl, denn sie waren schließlich ihre Eltern gewesen.
Erschrocken blickt Laura auf: Sie hat 'gewesen' gedacht, so als wären sie gestorben. Doch soviel sie weiß, leben beide noch. Sie hatte nur seit etlichen Jahren keine Verbindung mehr zu ihnen.

Wieder einmal drängt sich Laura ein Verdacht auf, der schon lange in ihr schlummert: War Marios Existenz damals etwa gewollt, damit Konrad einen männlichen Nachfolger für seine Spedition hatte? Sie findet diese Vermutung fast ungeheuerlich – und doch sähe es den ehrgeizigen Plänen des Vaters ähnlich! Annegret und er hatten erst zwei Monate nach der Geburt des Sohnes geheiratet. Und hätten sie das auch, wenn das Kind ein Mädchen geworden wäre?

Konrad hatte eine damals neunjährige Tochter aus erster Ehe in die Familie mitgebracht, doch er traute in der Zukunft einer Frau die Leitung des Betriebes nicht zu.
Laura erinnert sich jetzt an ein Gespräch zwischen den beiden: „Du kannst mit solchen Kerlen nicht umgehen, Mellie. Das sind Raubeine, die machen dich als Frau platt!" hatte er zu seiner Tochter gesagt. Melanie hatte daraufhin trotzig den Kopf geworfen und die Lippen fest zusammengepresst, wie sie es immer tat, wenn sie etwas durchsetzen wollte. Immerhin durfte sie aber nach einer Ausbildung zur Bürokauffrau in der Spedition die Verwaltungsarbeit übernehmen.

Zu der Zeit war Laura bereits acht Jahre alt und hatte es längst aufgegeben, die Zuneigung oder auch nur die Aufmerksamkeit der sechzehn Jahre älteren Halbschwester zu erringen. Sie und

Mario waren für Melanie wie fremde Wesen. Sie behandelte die beiden jüngeren kühl und sachlich und fand auch zu ihrer Stiefmutter keine herzliche Beziehung. Es war, als lebten sie und ihr Vater für sich in einer anderen Welt.

Das Verhalten der Mutter vertiefte die Kluft nur statt zu vermitteln. Annegret ging ganz in ihrem Beruf als Immobilien-Maklerin auf, war stolz darauf, finanziell unabhängig zu sein, ja, mitunter sogar mehr als ihr Mann zu verdienen. Sie war sehr viel auf Reisen und überließ das Haus und die Kinder der Frau Meisner. Soviel Laura weiß, soll die Mutter sie kurz nach Marios Geburt als Haushilfe angestellt haben.
Zunächst hatte die umsichtige, freundliche Frau ihre Aufgabe hauptsächlich darin gesehen, den Haushalt zu führen. Doch je älter Melanie wurde, um so mehr drängte sie Frau Meisner regelrecht aus dieser Tätigkeit, um sich selbst als Hausherrin aufzuspielen. Doch nun konnte die gutmütige Frau sich um so ausgiebiger den jüngeren Geschwistern zuwenden. Bei ihr fanden Mario und Laura verständnisvolle und tröstende Worte, wenn die Gefühlskälte der Großen ihnen weh tat.

Laura erinnert sich wieder an einige kleine Episoden, deren Bedeutung sie erst jetzt richtig versteht: Eines Tages kam die Mutter von einer ihrer Geschäftsreisen zurück. Laura lief in der großen Diele freudig auf sie zu, als der Vater eintrat. Mit finsterem Gesicht fuhr er seine Frau an: „Na, du hast wohl schon wieder von einem Galan die Nase voll oder hat er dich rausgeschmissen?"
Laura verstand die Worte damals nicht. Sie merkte nur, dass die Mama traurig war und wollte sich an sie schmiegen. Doch Annegret schob sie fort und sagte: „Ich habe Kopfschmerzen, geh weg." Zum Glück griff Frau Meisner ein, nahm das fünfjährige Mädchen auf den Arm und lenkte es ab: „Komm, wir gehen Blumen pflücken, damit die Mama sich wieder freuen kann." Ob sie dann wirklich einen Strauß gepflückt hatten, daran kann sich Laura nicht mehr erinnern.

Und noch eine andere Begebenheit kehrt in Lauras Gedächtnis zurück: Sie war etwa zehn Jahre alt, als sie Frau Meisner und Mario eines Tages in dessen Zimmer überraschte. Beide saßen auf Marios Bett und die Frau hatte ihre Arme um den weinenden Bruder gelegt, der seinen Kopf an ihrer Schulter barg. Laura war zutiefst erschrocken: Das dufte der Vater niemals erfahren!
Wenn Mario manchmal den Tränen nahe gewesen war, hatte der Vater ihn angebrüllt: „Du Weichei, wie soll aus dir bloß ein Kerl werden!" Und er hatte sogar gedroht: „Hör auf zu flennen, sonst hau ich dir eine runter, damit du Grund zum Heulen hast!" Auch Frau Meisner hatte er zurechtgewiesen: „Sie verhätscheln den Bengel zu sehr! Und das ewige Klimpern und Jodeln ist nichts für einen richtigen Mann. Hören Sie auf damit!"
Seit der Zeit durften sie und die Kinder nur noch heimlich zusammen singen und Mario spielte nur auf der Gitarre, wenn der Vater nicht zu Hause war. Melanie hatte sie jedoch niemals verpetzt, sie tat einfach so, als ginge sie das alles nichts an.

Warum aber weinte der schon fast erwachsene Mario an jenem Nachmittag so bitterlich, dass sogar Laura vor Mitleid die Tränen kamen? „Was ist mit dir, Mario? Kann ich dir helfen?" jammerte sie und sah auch Frau Meisner fragend an. Die erklärte: „Mario hat einen Freund, den er sehr gern hat, und das wird eurem Vater nicht gefallen." Laura verstand damals überhaupt nichts mehr: Alle Jungen in ihrer Schule hatten doch Freunde. Was sollte also daran schlecht sein?
Frau Meisner sagte dann noch leise zu Mario: „Ich rede mit deinem Vater. Und wenn es mich meine Stellung kosten soll." Sie durfte bleiben, denn ihre Dienste waren wohl inzwischen unentbehrlich geworden. Mario aber war von der Zeit an für den Vater und Melanie Luft. Sie beachteten ihn überhaupt nicht mehr und sprachen weder mit noch über ihn. In dieser Zeit erreichte Melanie endlich ihr Ziel: Sie wurde Vizechefin und bald darauf Teilhaberin der Spedition.

Fast zwei Jahre hielt es Mario noch zu Hause aus. Zwei Jahre, in denen Laura erleben musste, wie ihr Bruder litt und in denen sie nicht wusste, wie sie ihm hätte helfen können.
In dieser Zeit begann sie zu fragen. Nicht so wie früher als kleines Kind: „Warum haben Marienkäfer Punkte auf den Flügeln?" Oder etwas später: „Wie funktioniert das Telefon?" Ihre Fragen betrafen nun sie selbst und die Menschen um sie herum: „Warum ist unsere Familie so anders als die Familien meiner Schulfreundinnen?" „Warum können sich Mama und Papa nicht leiden?" Und immer wieder: „Wer ist schuld?"
Manche Fragen stellte sie der Frau Meisner, die ihr jedoch nur ausweichend antworten konnte oder durfte. Die meisten Fragen behielt sie aber für sich und fand doch niemals eine Antwort.

Dann kam Mario eines Tages nicht mehr nach Hause. Das Schlimmste daran aber war die Art, wie der Vater es ihr mitteilte: „So, die Schwuchtel sind wir los. Wehe, du heulst der eine Träne nach!" Melanie setzte wenig später, als sie einmal mit Laura allein war, noch eins drauf: „Wenn du Verkehrsunfall nicht wärst, wäre ich jetzt mit Papa alleine!"

Zwölf Jahre alt war Laura damals und obwohl sie ein recht aufgeklärtes Mädchen war, konnte sie mit der Bemerkung der Halbschwester noch nichts anfangen. Oder wollte sie es auch gar nicht, weil sie die Wahrheit fürchtete? Schließlich vertraute sie sich doch wieder der 'Tante Pauline' an, wie sie Frau Meisner inzwischen nannte, wenn es niemand hörte.

Diesmal wich die Frau der Antwort nicht aus und erklärte ihr, dass sie von den Eltern weder beabsichtigt noch gewünscht gewesen war. Sie war wohl das Ergebnis einer Betriebsfeier in der Spedition, auf der eine Menge Alkohol getrunken wurde und an der auch die Mutter teilgenommen hatte.
Dann nahm sie Laura in den Arm, so wie sie damals Mario getröstet hatte, und wartete, bis die Tränen nach diesem

Schock versiegt waren. Endlich sagte sie: „Du bist ein tapferes Mädchen und du bist nicht allein. Ich werde immer für dich da sein."

Von nun an gab es zwei Parteien in dem Haus: Melanie und ihr Vater einerseits sowie Laura und Frau Meisner andererseits. Man ging sich möglichst aus dem Weg, jeder verrichtete seine Arbeit und versuchte, mit der Situation zu leben.
Die Mutter kam immer seltener nach Hause und nachdem sie sich zuletzt ganze fünf Monate nicht mehr gemeldet hatte, kam eines Tages die Mitteilung, dass sie nun ganz und für immer in Spanien bleiben werde.
Laura kann sich heute nicht mehr erinnern, mit welchen Gefühlen sie diese Nachricht damals aufgenommen hatte. Aber sie kann sich gut vorstellen, dass sie nicht sehr traurig gewesen sein kann, stand doch Tante Pauline ihr wesentlich näher als die Mutter. Nur nach dem Bruder hat sie sich manchmal gesehnt, doch hat sie nie in Erfahrung bringen können, wo er sich aufhielt oder was er tat.

Sechzehnjährig verließ Laura die Realschule. Nach einem anschließenden Praktikumsjahr hatte sie eine Ausbildung zur Krankenpflegerin bekommen. Noch bevor diese beendet war, starb Tante Pauline mit 68 Jahren an einem Herzinfarkt. Nun war Laura zwar ganz allein, aber sie war eine starke junge Frau geworden.
Jedenfalls dachte sie das bis zu dem Tag, an dem sie ihren Bruder wiedersah: Aus dem Fenster der Straßenbahn erblickte sie einen Straßenmusikanten mit Gitarre, der ihr merkwürdig vertraut vorkam. Sie war sich ganz sicher, dass es Mario gewesen sein musste. An der nächsten Haltestelle stieg sie aus und rannte den ganzen Weg zurück, doch der Musikant war verschwunden.

Von nun an ging Laura aufmerksamer durch die Stadt und wo sie Gitarrenmusik hörte, lief sie hin. Musste Mario etwa auf

der Straße betteln? Sie hätte ihm doch gewiss helfen können! Wo konnte sie ihn finden? Endlich gab ihr jemand den Tipp, sich in der Nähe des Bahnhofs umzusehen.
Laura stockte der Atem, als sie Mario erkannte: Er stand mit zwei anderen jungen Männern zusammen, die irgendwelche Leute ansprachen. Bettelte er um Geld? Oder handelte er etwa mit Drogen? Laura wagte nicht daran zu denken.

Da war sie auch schon bei ihm und fiel ihm um den Hals: „Mario! Mein lieber Mario!" Ihr Bruder löste sich sacht aus ihrer Umarmung und sah sie liebevoll, aber traurig an. Seine Kameraden lachten: „Mädchen, du bist die falsche Braut!" „Wir brauchen welche mit einem Schwänzchen, wenn du verstehst, was ich meine!"

Endlich verstand Laura und erschrak: Ihr Bruder ging auf den Strich! Rasch holte sie aus ihrer Tasche ihr Portmonee, nahm alle Scheine heraus und stopfte sie Mario in die Jackentasche. Dabei flehte sie ihn an: „Komm mit nach Hause. Ich verdiene genug für uns beide. Es wird alles wieder gut." Doch Mario sagte leise: „Danke für das Geld. Aber komm bitte nicht mehr hierher." Er gab ihr einen Kuss auf die Stirn: „Pass auf dich auf, Kleines." Dann drehte er sich um und ging mit seinen Freunden in die Bahnhofshalle.
Laura blieb zunächst wie angewurzelt stehen, sah ihm nach und murmelte fassungslos: „Warum? Mario, warum?" Endlich drehte sie sich um und ging langsam nach Hause.

In der nächsten Zeit lief sie ratlos und wie betäubt umher, bis ihre Kolleginnen sie einmal besorgt nach dem Grund fragten. Danach riss sie sich zusammen und versuchte sich mit dem Gedanken zu beruhigen, dass Mario nie etwas Unrechtes tun würde. Und sie hatte auch nicht das Recht, sich in sein Leben einzumischen.

Das Leben mit dem Vater und der Halbschwester gemeinsam in einem Haus wurde unerträglich: Der Vater litt an Demenz und die Krankheit schritt rasch voran. Melanie machte keinen Hehl aus der Abneigung, die sie nun sogar für ihn empfand. Er war ihr eine Last, seit sie die Spedition gänzlich übernommen hatte. Sie war eben eine 'echte Tochter' ihres Vaters und es war nur zu offensichtlich, dass sie sowohl ihn als auch Laura loswerden wollte.

Als diese deshalb von ihrem Freund einen Heiratsantrag bekam, stimmte sie ohne Bedenken zu und zog in dessen Wohnung. Andreas war nicht Lauras 'große Liebe', aber sie hatte Glück: Ihr Mann war solide, treu und fleißig und als sich bald ein Baby anmeldete, glaubte sich Laura am Ziel ihrer Wünsche.

Bald wussten sie, dass es ein Junge werden sollte und Laura bestand auf den Namen Marius in Anlehnung an den ihres Bruders. Und zum ersten Mal erzählte sie Andreas ausführlich von ihrer 'Familie', der sie nicht nachtrauerte, und von ihrem Bruder, den sie gern wiedersehen würde.
Andreas war offensichtlich nicht eben begeistert von seinem Schwager, sagte aber auch kein abfälliges Wort über ihn. Er versprach Laura auch, dass er jede Entscheidung von ihr den Bruder betreffend akzeptieren werde.

Froh über ihr Glück wagte es Laura doch eines Tages wieder, am Bahnhof nach Mario zu suchen. Sie erkannte aber nur einen seiner Freunde und sprach ihn an. „Ach, Sie meinen 'Marianne'? Und sind Sie nicht die Schwester?" Laura nickte und ließ sich den Weg zu einem Lokal beschreiben, wo sie den Bruder vielleicht finden würde.

Unterwegs dachte sie über die eigenartige Namensänderung nach. Dass sich homosexuelle Menschen gern einen Namen des anderen Geschlechts gaben, war ihr inzwischen bekannt.

Doch der zweite Teil '-anne' machte sie stutzig. War er etwa eine Erinnerung an die Mutter Annegret? Hatte Mario die Mutter vielleicht mehr geliebt und deshalb auch mehr vermisst als sie? Wie sehr hatte er unter ihrer Gefühlskälte gelitten? Und endlich kam Laura zu dem Schluss, dass sie auch ihren Bruder nie richtig gekannt hatte.

Das Lokal gehörte zur Schwulenszene und es kostete sie Überwindung, dort an der Bar nach Mario beziehungsweise Marianne zu fragen. Man wies sie an einen Tisch und Laura erschrak: Diese stark geschminkte Frau dort konnte doch unmöglich ihr Bruder sein!
Sie nahm allen Mut zusammen und setzte sich zu ihm. Lange sagten beide kein Wort. Endlich begann Laura mit einem leisen „Guten Abend" und legte ihre Hand auf seine. Als Mario wehmütig nickte, erzählte sie einfach drauf los, um die aufsteigenden Tränen zurückzudrängen.

Von Melanie und dem Vater sagte sie nichts, sondern erzählte von ihrer Heirat, von Andreas und dem zu erwartenden Baby. Sie fragte nicht, wie es ihm ginge, und sie drängte ihn auch nicht, zu ihr zu kommen. Sie redete in einem fort und als sie es nicht mehr auszuhalten glaubte, holte sie endlich ein Foto von sich aus ihrer Handtasche. „Hier. Damit du mich nicht ganz vergisst," sagte sie dazu. „Auf die Rückseite habe ich dir meine neue Adresse und die Telefonnummer geschrieben, falls du sie mal brauchst."
Diesmal küsste sie ihn auf die Stirn und verließ eilig das Lokal. Erst draußen ließ sie den Tränen freien Lauf und war froh, dass es in der Dunkelheit niemand sah.

Diese Begegnung lag mehr als drei Jahre zurück. Mario hatte sich nie gemeldet. Erst heute hatte sie wieder von ihm gehört: Eine Überdosis Tabletten mit viel Alkohol. „Es war ein Suizid. Eine Fremdeinwirkung ist ausgeschlossen," hatte einer der Polizisten versichert.

„Warum hat alles so kommen müssen?" wiederholt Laura noch einmal ihre Frage. „Was hätte anders sein sollen? Was hätte ICH anders machen müssen? Wie hätte ich helfen können?"
„Warum, Mario? Warum?"

Laura weiß, dass ihr niemand eine Antwort geben kann. Sie wird sich diese Fragen immer und immer wieder stellen und sie wird mit ihnen und ihren Zweifeln leben müssen.

Die Wahrheit
Ein Märchen für erwachsene Kinder

Es war einmal ... Ja, es war alles einmal, was man sich erzählt oder was man liest. Es war in unserem wirklichen Leben, in unseren Träumen oder in der Fantasie. Aber alles war einmal wahr – sonst hätte man es ja nicht aufschreiben können! Und auch diese Geschichte ist die reine Wahrheit.

Es war einmal ... vor wie vielen Jahren? Ich weiß es nicht genau. Als ich die Geschichte das erste Mal hörte, war sie schon nicht mehr neu und ich noch sehr jung – und das ist mehr als ein halbes Lebensalter her!

Heute würde man eine SMS senden: ‚Hallo, Sohn! Mama ist krank. Setz dich ins Auto oder in den nächsten ICE und komm nach Hause!' – Aber zu jener Zeit gab es das alles noch nicht. Wer anderen Leuten etwas mitteilen wollte, musste einen Brief mit der Post verschicken und ehe dieser seinen Empfänger erreichte, konnte oft einige Zeit vergehen.

Doch nun will ich endlich mit der Geschichte beginnen:
Es war einmal ... in einem kleinen Städtchen an einem sonnigen Herbsttag. Die Mutter hatte sich Zeit genommen, um mit ihrem Jungen das bunte Laub im Stadtpark anzusehen. Sie hatte ihm gezeigt, wie man aus den herab gefallenen Blättern lange Ketten fädelt und nun rannte der Junge so schnell er konnte auf den Kieswegen hin und zurück, damit seine raschelnde Girlande wie eine Fahne hinter ihm wehte. Er jubelte und rief: „Mama, guck mal – wie sie fliegt!" und „Hurra, ich habe einen Drachen aus Blättern!"

Die Mutter lachte und vergaß für einige Zeit ihre Alltagssorgen. Endlich blieb der Junge erschöpft und erhitzt mit leuchtenden Augen stehen. Sie setzten sich auf eine Bank am Wegrand, um ein wenig auszuruhen.
Plötzlich stutzte die Mutter: War die zweite Bank neben ihnen eben auch schon da gewesen? Sie glaubte, vorhin nur eine gesehen zu haben. Und auch die alte Frau, die dort saß, musste sie wohl völlig übersehen haben! Jetzt hatte auch der Junge die Frau bemerkt und er flüsterte seiner Mutter zu: „Schau mal, Mama, die Frau spricht mit jemandem – aber es ist doch niemand da!"

Es war fast ausgeschlossen, dass die Alte die Worte des Jungen gehört haben konnte. Trotzdem wendete sie sich ihm zu und erklärte: „Ich habe mich mit dem Eichhörnchen unterhalten. Siehst du, wie es dort oben in den Ästen der Linde herum klettert?" Verwundert schauten der Junge und seine Mutter nach oben und entdeckten in dem schon fast kahlen Baum tatsächlich ein Eichhörnchen, das ihnen mit seinen schwarzen Knopfaugen zuzublinzeln schien.
Misstrauisch fragte der Junge: „Was habt ihr euch denn unterhalten?" „Nun, es hat mich gefragt, ob ich nicht wüsste, wo es noch Nüsse und Bucheckern für den Wintervorrat finden könnte. Da habe ich ihm beschrieben, wo es Buchen und Haselnusssträucher finden kann."

Es war natürlich klar, dass die alte Frau scherzte – glaubten jedenfalls die beiden Jüngeren. Und die Mutter trieb den Scherz sogar noch weiter. „Wir haben schon oft versucht, ein Eichhörnchen anzulocken.", erzählte sie. „Mein Junge würde gern einmal so ein kleines Tier aus der Nähe sehen. Könnten Sie das möglich machen?" „Wenn du möchtest, kannst du es sogar streicheln.", versprach die Alte dem Jungen und rief einige Laute, die so ähnlich wie ‚Eck--gick-keck' klangen.

Das Eichhörnchen kletterte zögernd und vorsichtig am Stamm herab und wartete am Fuße des Baumes. Nachdem die alte Frau es noch einmal auf diese eigenartige Weise angesprochen hatte, sprang es auf die Rückenlehne der Bank und blieb ganz dicht bei ihr sitzen.
„Jetzt kannst du herkommen und es anfassen.", forderte sie den Jungen auf. Der näherte sich langsam dem kleinen Tier und strich ihm behutsam mit den Fingern über das rotbraune Fell. „Wie warm und weich du bist.", sagte er zärtlich. „Hab keine Angst vor mir."

Endlich ging der Junge zu seiner Mutter zurück: „Mama, ich glaube, die Frau hat die Wahrheit gesagt: Sie kann wirklich mit Eichhörnchen sprechen!" Die Alte lächelte und erklärte: „Ich sage immer die Wahrheit, denn - ich **bin** die Wahrheit! Und ich verstehe die Sprache aller Tiere!"
Wie zum Beweis stand sie auf, streckte die Hand aus und pfiff auf eine eigentümliche Weise. Ein Buchfink flatterte auf ihre Hand und sah sie mit schräg geneigtem Köpfchen fragend an. Sie zwitscherte etwas, worauf der Vogel auf die Schulter des Jungen flog und sich an ihn schmiegte. (In späterer Zeit behauptete der Junge stets, er hätte aus dem Tschilpen des Vogels deutlich die Worte ‚Hab Vertrauen' herausgehört.)

Die Mutter hatte das Geschehen mit Erstaunen aber auch mit wachsender Unruhe verfolgt. Sie wusste nicht, was sie von dieser Gaukelei halten sollte und fürchtete eine ihr noch unbekannte Gefahr für ihren Sohn. Sie wollte die alte Frau zur Rede stellen und sah ihr zum ersten Mal direkt in die Augen. Doch in diesem Moment ging etwas Seltsames in ihr vor: Plötzlich fühlte sie sich selbst wieder wie ein Kind, das seiner Mutter grenzenlos vertraut. Sie sah auf dem Grund dieser Augen nur Wärme und Güte und in ihr Herz kehrte eine ruhige Zufriedenheit ein.

Während der Junge wieder mit den bunten Blättern tollte und den Vögeln nun ein fröhliches ‚Hallo!' nachrief, erzählte seine Mutter der alten Frau, die ihr jetzt nicht mehr fremd erschien, wie sie lebte:
Nachdem ein Unfall ihr den Mann genommen hatte, erzog sie ihren Sohn allein. Seit kurzer Zeit ging der Junge in die Schule und war am Nachmittag meist ohne Aufsicht, denn Großeltern gab es keine mehr. Sie bekam für ihre Arbeit als Näherin in der Fabrik gerade genug Geld für sie beide und sie waren auf diesen Verdienst angewiesen. Dadurch hatte sie jedoch wenig Zeit für den Sohn. Nun wusste sie nicht, wie es weitergehen sollte.

Als die Mutter die alte Frau jetzt fragend ansah, schaute sie in ein lächelndes Gesicht und wieder war ihr, als würde sie ein warmer Zauber berühren und alle Sorgen wegnehmen. „Der Junge gefällt mir.", sagte die Alte. „Lass mich für ihn sorgen, wenn du nicht zu Hause bist."
Seit diesem Tag hatte der Junge eine Großmutter, die ihm immer lieber wurde. Längst wunderte es ihn nicht mehr, dass sie mit Tieren sprach und ihm deren Sprache übersetzte. Und sollte er doch einmal zweifeln, so erinnerte sie ihn: „Ich bin die Wahrheit selbst, vergiss es nicht!"

In der Schule gehörte der Junge zu den besten Schülern und auch hieran hatte die Großmutter ihren Anteil. Sie nannte ihm Mittel und Wege zum besseren Lernen und Verstehen und ihren Rat nahm er gerne an, denn er führte ihn immer zum Erfolg. Er gewöhnte sich gerne an ihre Wahrheiten.

Am schönsten aber war es, wenn die Großmutter ihm Märchen und Geschichten vorlas. Schon nach wenigen Worten war er ein Teil von ihnen und erlebte mit den Helden alle Abenteuer: Er besiegte mit dem tapferen Schneiderlein die Riesen und flog auf einem Wunderteppich in das Land von Aladin und Ali Baba. Mit den Siebenmeilenstiefeln sah er die halbe Welt, mit wilden Piraten fuhr er über alle Ozeane und mit den Rentieren besuchte er sogar den Weihnachtsmann am Nordpol. Und nach jedem Erlebnis fühlte sich der Junge stärker, größer und reifer.

Nur einmal passierte ein kleines Missgeschick: Mitten in dem Märchen vom kleinen Muck war die Großmutter ein wenig eingenickt und der Junge lief eben mit dem Schnellläufer des Sultans um die Wette. Das Rennen war längst beendet, aber er musste immer weiterlaufen und schließlich war er am Ende seiner Kräfte. Verzweifelt rief er: „Großmutter, hilf mir! Bitte, wach auf!"
Da schreckte die Großmutter aus ihrem Schlummer, las schnell noch einen Satz und der Junge konnte sich erschöpft in den Sand der Wüste fallen lassen.

Viele Jahre lebten die drei zusammen: Die Mutter konnte beruhigt ihrer Arbeit nachgehen und sich zu Hause ausruhen, denn die Großmutter war schon bald zu ihnen in ihr kleines Häuschen gezogen. Aus dem Jungen war ein junger Mann geworden, für den es bald Zeit wurde, sich für einen Beruf zu entscheiden und die Mutter bekam nun schon manches graue Haar.

Nur die Großmutter schien seit damals keinen Tag älter geworden zu sein. Die kleinen Fältchen in ihrem Gesicht und vor allem in den Augenwinkeln blieben sich immer gleich. Ihr gütiges und verstehendes Lächeln und ihre klugen Augen waren dieselben wie damals. Und die anderen beiden wussten: Sie war eben keine gewöhnliche Großmutter.

Dann wurde die Mutter krank. Es begann mit einem leichten Husten, der rasch an Stärke zunahm. Medikamente brachten zwar Linderung aber keine wirkliche Heilung. Später plagten die Mutter Schmerzen in verschiedenen Gelenken und andere Gebrechen.

Der Sohn konnte es kaum ertragen, seine Mutter leiden zu sehen. Er bat die Großmutter zu helfen, sie hatte doch immer Rat gewusst! Aber sie schüttelte nur traurig den Kopf: „Gegen die Natur kann und darf ich nicht handeln." Er bettelte und flehte: „Bitte, Großmutter! Du kannst doch Dinge geschehen lassen, die sonst kein Mensch kann. Hilf bitte der Mutter!" Doch die alte Frau wendete sich wortlos ab.

Da fasste er einen Entschluss. „Ich bin jetzt alt genug.", sagte er zu den Frauen. „Ich werde in der großen Stadt Medizin studieren und ein Arzt werden. Und dann werde ich meine Mutter heilen."
„Komm bald zurück, mein Junge." sagte ihm die Mutter beim Abschied und gab ihm noch viele gute Ratschläge und Wünsche.
Die Großmutter begleitete ihn ein Stück auf dem Weg, dann meinte sie traurig: „Ich weiß, dass du ein guter Arzt sein wirst. Ein berühmter Doktor sogar. Aber du wirst dabei nicht glücklich sein und der Mutter wirst du nicht helfen können."
Der junge Mann war entsetzt: „Du meinst, dass sie trotzdem sterben wird?" „Ja, das wird sie."

Und zum ersten Mal seit sie sich kannten widersprach er und wollte ihr einfach nicht glauben. „Du sagst selbst, dass ich ein tüchtiger Arzt sein werde – und da sollte ich meine Mutter nicht retten können?" Die Großmutter nickte und sagte leise: „Es ist die Wahrheit."
Da schrie er sie verzweifelt an: „Was nützt mir deine Wahrheit, wenn sie die Menschen unglücklich macht? Ich brauche sie nicht! Und ich will von ihr nichts wissen!" Wütend ließ er die alte Frau stehen, drehte sich um und lief trotzig davon ohne noch einmal zurückzublicken.

Der junge Mann wurde ein fleißiger Student. Während seine Kameraden abends mit jungen Mädchen in der Stadt zum Tanz gingen, saß er über seinen Büchern und lernte. Die anderen

rieten ihm, er solle doch die Studien nicht allzu ernst nehmen und dafür sein junges Leben genießen, aber er lehnte stets ab. „Geht nur und amüsiert euch.", antwortete er ihnen. „Ich wünsche euch viel Spaß. Mich aber lasst hier arbeiten."
Schließlich verspotteten sie ihn und als er auch dann noch bei seiner Meinung blieb, ließen sie ihn endlich in Ruhe. Er aber dachte: „Eines Tages werdet ihr mich bewundern, denn ich bin besser als ihr!"

Das Lernen fiel dem jungen Mann leicht und er brauchte bis zum Examen nur halb so viel Zeit wie die anderen Studenten. Nach vier Jahren nannte man ihn bereits ‚Doktor' und wieder ein Jahr später bat man den ‚Herrn Professor' oft um seinen Rat. Bald unterrichtete er selbst und wurde von den Kollegen hoch geachtet.
Aber genau so wurde er auch gefürchtet, denn er ließ seinen Studenten nicht die kleinste Nachlässigkeit durchgehen. Und schließlich machte ihn der Erfolg eitel und selbstgefällig.

In all der Zeit hatte er oft Briefe an seine Mutter geschrieben, in denen er sich auch nach ihrer Gesundheit erkundigte. In den Antworten beklagte sich die Mutter nie. Sie ermunterte ihren Sohn nur stets zu seinem Schaffen und versicherte ihm, dass sie sehr stolz auf ihn sei.
Regelmäßig richtete sie auch einen Gruß von der Großmutter aus, die ihm aber nie selbst einen Brief schickte. Darüber war der junge Mann zwar etwas betrübt, aber sein Trotz hinderte ihn daran, sich für seine Heftigkeit zu entschuldigen.

Und dann kam der Tag, an dem er auch von der Großmutter einen Brief erhielt. Sie nannte ihn darin wie in seinen Kindertagen ‚Mein lieber Junge'. Ob sie ihm wohl verziehen hatte? Was er aber dann noch zu lesen bekam, erfüllte ihn mit wachsender Unruhe.

In dem Brief stand: „Mein lieber Junge, deiner Mutter geht es nicht gut. Komm bitte sofort nach Hause, damit du sie noch einmal im Leben sehen kannst..."
Zunächst erschrak er zwar, aber dann redete er sich ein, dass es wohl so schlimm um die Mutter nicht stehen könnte: Schließlich hatte sie in ihren Briefen nie über ihren Zustand geklagt.
Oh, wie schlecht kannte der junge Mann das Herz einer Mutter! Und dass die Worte der Großmutter auf jeden Fall die Wahrheit waren, hatte er auch nicht bedacht!

Dennoch beendete er seine Tätigkeit in der Stadt so bald als möglich, übergab sein Amt einem Nachfolger und reiste einige Wochen später an einem Tag im Herbst in die Heimat. Er freute sich, sie und die beiden Frauen wieder zu sehen!
Doch dann stand er vor dem verschlossenen Häuschen, in dem niemand mehr wohnte. Die Nachbarn sagten ihm, wo er das Grab seiner Mutter finden konnte. Die Großmutter aber hatte niemand mehr nach der Beerdigung gesehen.

Lange saß der Mann danach auf dem Friedhof und hielt Zwiesprache mit der toten Mutter und der verschwundenen Großmutter.
Seine Abbitte und seine Reue waren tief und ehrlich. Endlich verstand er, dass er einen falschen Weg gegangen war. Er hatte die Kameraden gemieden, das Versprechen an die Mutter vergessen und seine Studenten schikaniert. Sein Herz war hart und hochmütig geworden und er hatte nur noch sich selbst geliebt.
„Verzeih mir, Mutter", flüsterte er unter Tränen. „Und bitte verzeih auch du, Großmutter." --

Da raschelte etwas über seinem Kopf und als er aufblickte sah er über sich in den fast schon kahlen Zweigen eines Baumes ein Eichhörnchen, das im zublinzelte. Und auf einem anderen Ast saß ein Buchfink und tschilpte sein Lied. Klang es nicht fast wie ‚Hab Vertrauen'? Jetzt kam ein leichter Wind auf und der wehte ihm ein buntes Herbstblatt in den Schoß. Da wusste der Mann, dass die beiden Frauen ihm verziehen hatten und sein Herz wurde leichter.

Der Mann nahm sich in seinem Heimatort eine Wohnung, eröffnete eine Praxis und wurde bald ein beliebter Arzt. Er war Tag und Nacht für seine Patienten da und behandelte sie aufopferungsvoll. Bald nannte man ihn überall den Doktor, der alle Krankheiten heilen kann, denn er verstand seine Kunst. Und wo diese mal am Ende war, sagte er ernst aber bestimmt: „Gegen die Natur kann und darf ich nicht handeln."

Niemand aber kannte sein kleines Geheimnis: Wenn er sich manchmal am Ende seiner Kräfte glaubte oder einen Rat brauchte, schlug er ein bestimmtes Buch auf. Da hinein hatte er das Blatt gelegt, das ihm der Wind auf dem Friedhof geschenkt hatte. Es war nun zwischen den Seiten schon ganz glatt gepresst. Wenn er es ansah, spürte er neue Energie in sich und manch eine Erleuchtung kam wie von selbst.
Dieses Buch öffnete er auch, als er eine hübsche junge Frau kennen und lieben gelernt hatte. „Großmutter", fragte er dabei leise, „ob sie mich wohl auch so mag wie ich sie? Soll ich sie bitten, meine Frau zu werden?"
Da leuchteten die gelben Flecken des bunten Blattes wie Gold und er flüsterte glücklich: „Danke!"

Die Hochzeit fand an einem Herbstsonntag statt und ein Jahr später brachten die glücklichen Eltern eine kleine Tochter zum Taufbecken. Als sie die Kirche verließen, fiel ein Blatt auf das weiße Kleid des kleinen Mädchens. Die junge Mutter wollte es achtlos entfernen, aber der Mann nahm es an sich und legte es zu Hause zwischen die Seiten des dicken Märchenbuchs, aus dem ihm schon die Großmutter vorgelesen hatte. Er wusste dieses Geschenk richtig zu deuten.

Die kleine Familie verlebte eine glückliche Zeit und der Vater erinnerte sich gern an seine eigene Kindheit. Alles was er damals an Liebe erfahren hatte, gab er nun an sein Kind weiter und seine Frau dachte genau wie er.
Als das Mädchen verständig genug war, las der Vater ihm – wann immer es seine Zeit erlaubte – aus dem Märchenbuch vor. Und an den leuchtenden Augen der Kleinen erkannte er, dass sie die gleichen Wunder sah und erlebte, die die Großmutter einst hatte ihn erleben lassen.

Ihm war, als wäre die alte Frau nun wie ein Segen auch in dieses Haus eingezogen und allgegenwärtig. Manchmal sprach er leise mit der Großmutter und wenn ihn seine Frau dabei ertappte und lachend fragte, ob er denn mit Geistern redete, nahm er sie in den Arm und antwortete geheimnisvoll: „Es ist der gute Geist unserer Familie – und das ist die ganze Wahrheit."

Aber leider ist kein Glück von Dauer und es war ein schlimmer Tag, an dem der Krieg begann. Und dann kam ein Brief: Der Vater musste als Arzt an die Front, um verwundete Soldaten möglichst so zu versorgen, dass sie wieder kämpfen konnten. Seine Frau war verzweifelt und seine kleine Tochter fragte: „Vater, warum schießt man die Soldaten denn erst kaputt, wenn sie dann doch wieder geheilt werden sollen? Kann man sie nicht gleich ganz lassen?" Der Vater nahm die Tochter auf den Schoß und ihre Mutter meinte: „So ein Kind hat doch mehr Verstand als alle Generäle der Welt!"

Am Tag vor seiner Abreise ging der Mann noch einmal allein zum Grab seiner Mutter, denn hier konnte er ohne Scheu sagen, was er fühlte: „Ich habe Angst, Mutter! Was wird aus meiner Frau und meinem Kind, Großmutter? Bitte helft mir!" Und er schlug die Hände vor das Gesicht, um die Tränen zu verbergen. –

Da hörte eine leise aber deutliche Stimme: „Fasse Mut: Deiner kleinen Familie wird nichts geschehen. Du aber wirst viel Leid und Schmerz erfahren und als ein anderer wiederkommen, als du jetzt bist. Das ist die Wahrheit."

Rasch nahm er die Hände vom Gesicht und sah sich suchend um, denn diese Stimme war ihm sehr vertraut. „Großmutter?" Aber da war niemand. Trotzdem fühlte er sich getröstet, wusste er doch nun, dass seinen Lieben kein Leid geschehen würde. Und auch die Worte des kleinen Vogels fielen ihm wieder ein: „Hab Vertrauen!"
Was aber bedeutete „ … als ein anderer wiederkommen?" Er konnte es nicht deuten, glaubte aber der Stimme und haderte nicht mehr mit der Wahrheit, auch wenn sie für ihn vielleicht schmerzhaft sein würde.

Es vergingen etliche Jahre, bis er scheu und abgemagert wieder nach Hause kam. Er hatte schreckliche Wunden und viele Sterbende sehen müssen, was ihn ernst und traurig gemacht hatte. Und eines Tages war er selbst verwundet worden. Davon war ein Bein steif geblieben und sein Gesicht wurde von einer langen hässlichen Narbe entstellt.

Wie ein Fremder klopfte er zaghaft an seine eigene Tür und eine junge Frau, die er zuerst gar nicht erkannte, öffnete ihm. Sie schrie erfreut auf und rief: „Mutter, komm schnell – der Vater ist wieder da!" Und dann umarmten ihn die beiden und führten ihn unter Lachen und Weinen zugleich ins Haus. Sein Aussehen störte sie überhaupt nicht - sie waren zu glücklich, dass sie wieder zusammen waren!

Nachdem der Mann sich endlich erholt hatte, öffnete er seine alte Arztpraxis wieder für die Kranken, die gerne zu ‚ihrem Doktor' kamen, egal wie er aussah. Nur manchmal wunderten sie sich, dass er so still und wie abwesend war – er konnte die schrecklichen Bilder von Krieg und Tod nie vergessen!

Erst als seine inzwischen erwachsene Tochter ihm mit strahlenden Augen ihren Bräutigam vorstellte, erwärmte sich sein Herz wieder etwas. Zu ihrer Hochzeit schenkte er ihr ein Medaillon, in dem zu ihrer Verwunderung ein getrocknetes Laubblatt eingeschlossen war. Dabei sagte er: „Hab Vertrauen – es wird euch Glück bringen und dir zur Wahrheit verhelfen." Da fragte die Tochter nicht weiter und hielt das Medaillon für immer in Ehren.

So recht froh konnte der Mann aber erst wieder sein, als ihm ein Enkel geboren wurde und er diesen aufwachsen sah.
Es war, als würde er in dem Jungen sich selbst und seine glücklichsten Jahre wieder erkennen. Als der Junge zur Schule kam, übergab der Arzt seine Praxis einem jüngeren Kollegen, denn er und seine Frau waren nun in die Jahre gekommen und erfreuten sich daran, Großeltern zu sein.

Als der Mann eines Tages seinen Enkel beaufsichtigte, ging er mit ihm durch den Stadtpark. Er erinnerte sich, wie seine Mutter damals mit ihm aus Laub lange Ketten gefädelt hatte. Er probierte es noch einmal und nun hatte der Enkel seine Freude daran. Ausgelassen tobte der mit seinem ‚Flugzeug' herum und der Großvater setzte sich lächelnd auf eine Bank und sah ihm zu. Wie sich doch der Kreis schließt, dachte der Mann. Alles beginnt neu und ist doch uralt.

Eine Stimme schreckte ihn aus seinen Gedanken. Er schaute auf und sah eine junge Frau vor sich – etwa in dem Alter wie seine Tochter war – die ihn höflich bat, sich setzen zu dürfen. Bereitwillig rückte er ein Stück und es dauerte nicht lange, bis sie in ein Gespräch vertieft waren.
Besonders interessierte die junge Frau sich für den Jungen und sie fragte den Großvater, ob wohl für dessen Zukunft gesorgt sei. „Um ihn ist mir nicht bange!" lachte der alte Mann. „Er ist ein aufgewecktes Bürschchen und seine Eltern werden ihn zu einem tüchtigen Menschen erziehen." „Dann wird er also nicht

allein sein und auch keine Not leiden müssen, wenn Sie einmal nicht mehr sind.", stellte die Frau mit einer warmen Stimme fest, die den Mann aufhorchen ließ. Da schaute er der Frau in die Augen, die ihm seit seiner Kindheit vertraut gewesen waren.

„Wann ist es soweit?" fragte er leise und als sie antwortete: „Sehr bald.", da senkte er die Augen und blickte lange stumm und nachdenklich vor sich hin. Nein, er würde nicht so wie damals aufbegehren, er wusste nun, dass er sich der Wahrheit beugen und sie annehmen musste.
Als er endlich wieder aufschaute, blickte er in das freundliche, gütige Gesicht der Großmutter aus seiner Kinderzeit. „Ich bin bereit.", sagte er lächelnd und reichte ihr die Hand.

Es war einmal … ein Mann, der hatte ein ganz normales Leben gelebt, eines wie es viele tausende gab.
Und doch war sein Leben ein einzigartiges – denn **jedes** Leben ist einzigartig. Und das ist die Wahrheit.